叙事詩

原郷創造

原子　修

共同文化社

叙事詩　原郷創造〈目次〉

序曲　天狼泣走

第二楽章　母郷創世

題字揮毫　中野北溟

序曲　天狼泣走

1　風の記憶

雪原を
氷の爪でかきむしり
雄叫びあげて襲いかかる
吹雪

冷たい雪つぶての弾丸で
目はつぶれ　息断たれ
耳は氷って化石となり
指は凍えて氷柱《つらら》になろうとも

行かねばならぬ
もうもうと立ちふさがる雪嵐の壁に
全身を木槌のように叩きつけ
うずたかく積もる吹きだまりの山を
冷えきった両足で蹴りくずし

扉をさぐりあてねばならぬ

吹雪の橇にのって吹きよせてくる
風の扉を

こじ開け

阿鼻叫喚乱れとぶ
風の記憶へと

水平に下降していかねばならぬ

億万年の奥ゆきにけぶる
風の記憶の内部へと

命がけで
歩んでいかねばならぬ

ヤチブキの純金の花散る春の骸《むくろ》
捨て

羆《ひぐま》吠えたける夏の亡骸《なきがら》
忘れ

海薔薇《はまなす》の実ルビー―をこぼす秋の残骸
こえ

凍死覚悟で
地吹雪荒れ狂う風の冷凍宝庫へと
おのれのはじまりの記憶
たずねあぐね　いけよ

永劫のわれ

2　闇と光

わたしは　どこから　きたのか
わたしは　どこに　いくのか

問いは　それ自身の無意味さに打ち砕かれ
むすうの微小な塵となって飛び散った
おのれとは　無なり
無とは　暗黒なり

と　悟ったおびただしい塵が
悟りそのものの空しさにめしいて
虚空を踊り狂ったが
あるいは　塵こそは
宇宙の本質としての虚空ではなかったのか

だが　塵の一粒一粒のもつ
光ではないものであろうとする意志が
虚空をおおう巨大な団塊となって
触れあい　結合し
はげしく衝突して火花を散らし
突如　塵の一部が光であろうとする意志を
もつのも

また
気まぐれな宇宙原理の常套か
または
光と闇　昼と夜　善と悪の可交換性か

こうして　世界は
大量の闇とわずかな光からはじまった

3　天の狼

やがて
暗黒の塵と光明の塵が
それぞれの優位を競って
しのぎを削り
白昼《ハイヌーン》は眩《まばゆ》さで　深夜《ミッドナイト》は小暗《おぐら》さで
風の戯れる虚空を　壮麗にはぐくみ
巌《いわお》の重さを弄ぶ地を織りあげ
瀬瀬らぎ流れる水を紡ぎ

光熱で万象を焙る火を煽ぎだし
なおも
宇宙に満ち干する闇と光の
永劫の和《あ》え物《もの》である
地と水と火と風の祖霊たちが
決して解けない難問として生みだしたのは
なぜか
無の空をひた走る　一頭の
男でもあり　女でもあり

口から精液の光を吐きだしては
乳房から星々を乳のしずくのように散り零《こぼ》す
銀毛の狼だった

4 大白鳥《おおはくちょう》

狼は
天のへりに沿って　走った
ただ　走りつづけることに酔いしれ
天の円環を　経回《へめぐ》った
それが　天から与えられた崇高な務《つと》めであり
自らが自らに課した宿命でもあるかのように

何万年も　何億年も
ゆるがず　ひるまず　怠らず
なぜか　目にいっぱい涙をため
ひた走った

やがて
したたり落ちる涙が　海をゆがき
雪のように白い羽毛をもつ
いちわの大白鳥《おおはくちょう》を　生みだした
ほそく　すべらかな頸《くび》を
花の茎のようにのばし

ひろげた翼は　二枚の帆のように美しい
女の大白鳥《おおはくちょう》を　生みだした

荒海に浮かびただよう大白鳥《おおはくちょう》は
ひねもす　虚空を見あげて　成長し

いつしか
大空を空しく走る銀毛の狼につよく魅せられ

その想いは
はげしい愛に　かわった

母でもあり　父でもある
娘としての　道ならぬ恋に　銀毛の狼への
かわった

――銀光につつまれて
稲妻のように走る　天の狼よ
わたしの恋人よ

大白鳥《おおはくちょう》の切ない呼びかけも　かえりみず
ひたすら　走りぬくばかりの狼にも
ついに　最後のときが　やってきた
つかれ果て　息も絶え絶えの狼は
間近に迫ったおのれの死をさとるや
自らのするどい爪で
おのれの胸を　引き裂き

血まみれの心臓をつかみだして
空に投げ
純金に燃えさかる太陽とし
断末魔の声で　叫んだ

——太陽こそは
もはや死ぬことのないわたしの
いつまでもみずみずしい
いのちの火

地と風の祖霊を大祖父《おおおじいちゃん》とし
水と火の祖霊を大祖母《おおおばあちゃん》とする
大白鳥《おおはくちょう》よ

わたしを愛するように
火の心臓となった太陽を愛し
地には
うるおいの水を　よび寄せ
空には
よみがえりの風を　めぐらし
草木《くさき》を標《しるべ》として生きるものたちで
世界を　ゆたかに　みたすがいい
慎《つつ》ましく　賢こく生きるものたちの手で
この世を　幸《さき》わう郷《さと》に創造するがいい

言いのこすや　銀毛の狼は
夜空に美しく揺れる極光《オーロラ》となって
天に消えた

・

5　鳥にして鳥なるもの

天狼の涙が水面《みなも》にゆがく
かすかな渦から生まれた大白鳥《おおはくちょう》は
肉としての地を身にまといつつも
霊としての風を翼にはらみ
両義性を悩むことによって

鳥のかたちをした島として
海を飛びかけり
島のかたちをした鳥として
空を泳ぎわたる
神話の申し子だった

大地の一部としての不動性と
鳥の一種としての浮遊性は
そのまま
自由を支える壮麗な矛盾として共有され
大白鳥《おおはくちょう》は
荒海を浮かびただよう島だった

翼を
北と南に　豪奢な櫂のようにひらき
尾羽《おばね》は
後方《しりえ》に　瀟洒に撥《は》ね
雅やかな頸《くび》を
南西に気だかく　曲げ
北半球の空たかく啼いて
太陽を恋いしたう
大いなる氷雪の島だった

命がけで
極寒のきびしい風土におのれを磔《はりつけ》る
極限の精神だった

6　天空受胎

――恋しい方よ

甲高く　大角笛《ホルン》の声をあげるや
荒波を蹴って
島にして鳥なる大白鳥《おおはくちょう》は
舞いあがった

――太陽よ

あなたに慕いよるわたしの
虹の七色《なないろ》を湯浴《ゆあ》みする体は
美しいでしょうか

金色《こんじき》の火の穂を　振りかざして
太陽が　叫んだ

――天狼の涙から生まれでた
大白鳥《おおはくちょう》よ
虹の七色《なないろ》こそは
わが魂から放射された　光の成分
まっしろい羽毛が
ちりちり焦げるのも厭わず

大白鳥《おおはくちょう》は　空たかく舞いあがり
ささやいた
――あなたを恋い慕うわたしの
虹の七色《なないろ》に濡れた声は
美しいでしょうか
黄金の眉を　逆立《さかだ》てて
太陽が　叫んだ
――おなじ天狼の心臓から生まれでた
われは　あなたの弟

いかに　あなたの七色《なないろ》の声が
わが内なる声の木魂《こだま》であろうとも
それを
不義の泥でけがしてはなりませぬ
翼が　太陽の極熱の火でいたぶられ
蒼いけむりがたなびくのも構わず
大白鳥《おおはくちょう》は　なおも空たかく舞いあがり
ささやいた

――あなたに抱きしめられたいわたしの
虹の七色《なないろ》に燃える熱い想いは
美しいでしょうか

純金の目を　苦悩にうるませて
太陽が　叫んだ
――おなじ天狼の子であるわれらに
ゆるされざる科《とが》と　知ってのことか
すべらかな頸《くび》が
焔《ほむら》の鎌に断ち切られるおそれも気にせず
大白鳥《おおはくちょう》は　さらに空たかく舞いあがり
ささやいた
――あなたの子をはらみたいわたしの
虹の七色《なないろ》にうずく欲望は

美しいでしょうか

突然　金色《こんじき》に輝く腕に大白鳥《おおはくちょう》を抱きしめ
太陽が　雄叫びをあげた

——愛《いと》しいものよ
あなたの甘い蜜の郷《さと》に
わが想いの切先《きっさき》を　入らしめたまえ

太陽の灼熱の光が
大白鳥《おおはくちょう》の内部の闇に差しこみ
太陽の一瞬の閃光が
大白鳥《おおはくちょう》の胎《はら》に夥しいいのちの種を播きつけ

ついに
極熱の苦しみに耐えかねた大白鳥《おおはくちょう》は
太陽の熱い腕をふりほどき
極寒の海へと
木の葉のように　舞い落ちた

7　闇の大鴉

宇宙を織りなす暗闇と光明の
永劫に途絶えないせめぎあいの影は
まがまがしい攻撃本能の嘴と
漆黒の光澤の翼をもつ大鴉を生んだが
虚空をはらはら舞い落ちる大白鳥《おおはくちょう》を発見し
にわかの害意につき動かされて

羽音も鋭く　襲いかかった
極熱の太陽とのまぐわいで
全身を灼熱の火で焙られた大白鳥《おおはくちょう》の
瀕死の胎《はら》を　嘴で裂き
はらまれたいのちの種を貪ろうとしたのだ
あわや
大白鳥《おおはくちょう》の腹を食い破ろうとしたとき
それと察した
永劫の光で世界を照らす太陽が

蒼穹の弓に
純金の光の矢をつがえて射《い》
永劫の闇に沈む夜へと回りこんだ矢で
大鴉の両目を横串に刺しつらぬいた
すさまじい悲鳴をあげて身悶える大鴉の
羽搏きの乱れをかいくぐり
辛くも死地を脱した大白鳥《おおはくちょう》は
瀕死の翼を震わせ　荒海に着水した

8　夜の海の歌

まどろめよ　大白鳥《おおはくちょう》
水漬《みづ》く花びらとなり

瞼をとざし
大海原《おおうなばら》のふくよかな腕《かいな》に身をゆだね
櫂を失った空舟《からぶね》の万年を
まどろめよ　大白鳥《おおはくちょう》

いのちは
闇から生まれ　光を生きて
闇にかえり

日は
眠りからはじまり　めざめを生きて
眠りにかえる

光なしに　闇はなく
闇なしに　光なく

しばしの　許しが
無量の水となってたゆとう
夜の臥所《ふしど》で

おのれの内なる永劫の闇が
曙のかりそめの光へと熟れる朝を

夢みて　まどろめよ
身重の大白鳥《おおはくちょう》

9　誕生

陣痛の刃《やいば》が
はしった

鳥にして島なる大白鳥《おおはくちょう》の
胎《はら》が真一文字に裂け

億万年の眠りから醒めたむすうのいのちが
生まれでた

父なる太陽の　光のしずくと
母なる大白鳥《おおはくちょう》の　血のしずくの
秘儀の結晶が　生まれでた

10　大自然豊饒

母なる大白鳥《おおはくちょう》の
分娩の苦しみと絶叫から
豊饒な　いのちの歓喜が
生まれでた

出産とは
おのれを分割して他者を捏造する惨劇か
生み終えた大白鳥《おおはくちょう》の
あえぐ息が

まず　海へと吹きはらったのは
変化《へんげ》の技《わざ》に長《た》けるいのちの微塵《みじん》だった

光合成の知から緑をつむぎだす藻だった
それをついばむ魚だった

ついで　産後のつかれに萎える大白鳥《おおはくちょう》の嘴が
おのれの体である大地に口移ししたのは

父である太陽の光と
母である大白鳥《おおはくちょう》の体液から

緑の糧《かて》を合成する
草だった　木だった　森だった

それらがはぐくむ
虫だった　鳥だった　獣だった

生みだしたものたちへの慈愛にうるむ目に
晴れやかに映しだされたのは

無窮の空
果てしない海
豊饒の大地
光る川
草生《む》す野
香ぐわしい森
盛れあがる山

自由に息するいのちをやしない育てる
大自然界の豊饒だった

祖霊たちのみえざる指の指し示す世界への
身じろぎだった

そして　母なる大白鳥《おおはくちょう》は
暗黒の邪《よこしま》と光明の輝きの結晶として　また
究極の醜さと至高の美しさをもつ
もっとも喜劇的な悲劇の演じ手として
最後に産み落とした　人を
大地の上　木のかたわらに　おいた

11　言霊《ことだま》

宇宙が
闇と光の変化《へんげ》であるように

いのちも
闇なる肉体と光なる霊との変化《へんげ》ならば

大地と海にみちみちるいのちも
霊なしにはたちゆかぬ

母なる大白鳥《おおはくちょう》は
天末線を震わせて　呼びかけた

――わたしの　愛《いと》しい子らよ

自らの意志で
わたしを　母として選び
自らの決断で
この大地に生まれたものよ
原郷とは
他者から与えられるものではなく
自らの力で　創造するもの
しかも　原郷とは
そこに生きるものたちが
力を合わせて創造するもの

わたしの子らよ
原郷創造という偉大な使命は
生きとし生けるものが
自らの意志で
分《わか》ちあって　になうもの

さあ
わたしの　かけがえのない子らよ

ひとりひとり
自らの選んだ使命を
それぞれの言葉で

この母に　語っておくれ

言い終えると　母なる大白鳥《おおはくちょう》は
嘴を大きくひらいて

虚空にみちみちた霊気を
胸いっぱいに　吸いこみ

それを
生きとし生けるものの身内に
霊魂として　吹きかえし

それぞれが
言霊《ことだま》をもつことによって

それぞれの言葉を
自由に語れるようにしてあげた

12 大白鳥《おおはくちょう》昇天

言霊《ことだま》とは
内なる霊のほとばしりが
虚空に奏であげようとする
言葉という一瞬の虹への
美しい約束か
それは

たおやかに立ついっぽんの萱《かや》の草が
風の在処《ありか》を身をもって証し

その　かすかな言霊《ことだま》のそよぎによって
ささやかな使命のなしとげを示すものであり

また　それは

海から川へと遡《さかのぼ》るいっぴきの鮭が
産卵のときを告げようとして　上流に挑む

その　命がけな言霊《ことだま》のふるえによって
つつましい使命の成就を述べるものであり

さらに　それは

川のほとりの
萱《かや》の茂みに立つ人に

生れ郷《ざと》の　それぞれの言霊《ことだま》を内に秘めた
生きとし生けるものと
それぞれの言葉で語りあうべき使命を
ふかく悟らせるものなのだ

ついに
地上にいのち産む務《つと》め終えた大白鳥《おおはくちょう》は
太陽のめぐる蒼穹めざして昇天し
さやかな光のしずくをこぼす月となった

13　風霊忿怒《ふうれいふんぬ》

おのれの　闇と光の比率をたえず振り混ぜ
気まぐれな陰陽現象として生きる人間は
追いつめた鹿の群を
断崖から転落死させて狩る術《すべ》に熱中し
どんな鹿の内部にも
かけがえのない言霊《ことだま》の芽生えがあるのだ　と
慮《おもんぱか》ることを怠り
ひたすら
鹿から皮と肉を奪うことのみに没頭し

ついには　鹿を
単なる皮と肉の資源として見下し
霊もつものとしての
価値と尊厳を認めなくなったので

はげしい怒りにとらわれた
生きとし生けるものの祖霊のひとりである風が
突如　極寒の息を
すべての人里に　吹きかけ
大地を　川を　海を　すべてのいのちを　凍らせ
懲らしめの眠りに　突き落とした

14　流氷懲罰

永劫に終わることのない
暗黒と光明のはげしい鍔迫《つばぜ》り合いの
千変万化する悲喜劇のうつろいを
ときに冷かし　ときに諌《いさ》め　ときに貶《けな》し
罪科《つみとが》多い末裔としての人の群れを
ときに栄光へと導きときに破滅へと蹴り落す
光でもあり　闇でもある
祖霊のひとりとして　風は

言霊《ことだま》を独り占めしたと錯覚して憚《はばか》らない人に
さらに手痛い懲罰をくだした

荒海に
流氷の大群をはなったのだ

季節はずれの流氷は

いのちあるすべてのもののもつ
それぞれの言霊《ことだま》を　ないがしろにし
言霊《ことだま》を人のみに与えられた至上のものとして
驕り高ぶる人の群れへの
恐ろしい裁きの拳だった

巨大な懲らしめの氷塊は
磯を埋め　渚をおおい
人びとの集落を　呑みこみ
岸辺の海薔薇の茂みを　踏みにじったが
瀕死の梢にしがみついた小さな花の蕾だけが
凍結した体の深奥にかすかな目覚めを秘め隠し
——絶望のどん底から　芽吹く
わたしの歌を　聴け
と　うたう　父なる太陽と
——試練の闇　かいくぐるものに
光　あれ

と　うたう　母なる月の
はげましの声を
山なす氷塊のかすかな隙間から　聴きとった

第一楽章　祖霊巡歴

1　死との闘い

死とは
白昼の栄華が呼びさます　夜の暗黒か
だが
頭上にハイヌーンの光冠を戴かないままの
幼《おさな》すぎるものの死は
それをもたらすものの大罪
海薔薇の瀕死の枝にしがみつく
ちいさな花の蕾だけが

なぜ
死の氷塊と氷塊のかすかな隙間から
かぼそい光と声になって差し込む
太陽と月のはげましを感じとれたのか
未《いま》だ言《こと》の葉《は》を口にすることのない
無口なはらみ子にもひとしい蕾に
どうして
父母の言葉の真意を汲みとれたのか
あるいは
わが子に声かけする父母の内なる霊の動きに

未生《みしょう》の闇にふかく沈む蕾の
いたいけな霊が　聡《さと》く感応したのか
あるいは　言葉以前の言葉を聴く稀な資質を
すでに　その蕾は持っていたのか

とまれ
父母の懸命な勇気づけを
子を思う親の愛として受けとめ得た蕾が
それに本能的に応《こた》えるべく
己の深部に潜《ひそ》むかすかないのちの熾火《おきび》吹き醒《さ》まし
死に打ち克とうと必死だったのも
けだし当然の成りゆきか

声にならない声を呻きに変えて　蕾は
氷塊の磐石の重みはねかえそうと身じろいだ
すると　それと察した太陽が　うたった
――その　身じろぎこそは
そなたの内部からの　力の芽吹き
また　蕾は
水晶のようにかたい氷を溶かそうとあがいた
――その　あがきこそは
そなたの身内から燃えあがる　火の兆し

太陽と月の歌のしらべが
蕾の深部に眠る歌心の弦を震わせ
蕾の奥底に潜む発語本能の糸を弾《はじ》いたとき
ついに　蕾は

はじめての声　〃あ〃を発し
その瞬間
蕾の深奥に　一しずくの火が　ともった

〃あ〃の声が　次々に　新たな　〃あ〃をよび
一しずくの火が　次々に　新たな火をよび

たちまち

あああああの旋律が　蕾の口からつむがれ

みるまに
火のしずくの連なりが　蕾の全身を焔《ほむら》に変え
とりよろう氷が　融けはじめ
水となって　流れはじめた
それと知った父なる太陽が
渾身の力ふり絞って　灼熱の光放ち
それと気づいた母なる月が
喉も張り裂けんばかりの声で激励の歌うたい
それと悟った
生きとし生けるものの祖霊のひとりなる風が

ついに
はげしい怒りをやわらげ
虚空に鳴りひびく声で
たからかに　宣言した
――言霊《ことだま》のよみがえり　叶えるもの
ついに　芽生えたり

その一瞬
陸土をおおっていた　懲《こ》らしめの氷塊は
跡形もなく消え去せ
小波《さざなみ》の子守唄さざめく渚に
す裸の女の赤ん坊が　独り　泣いた

死にうち勝った　海薔薇の花の蕾が
人のかたちで　再生した

2　渚と海薔薇の少女ノンノ

空《くう》とは

宇宙のはじまりと終りが
互いの尾を噛み合って結ばれる

一匹の永劫矛盾の蛇であるのならば

一粒だけ生き残った　海薔薇の花の蕾を
人間のみずみずしい嬰児《みどりご》に変化《へんげ》させたのは

いかなる異端の想像力か
だが　渚の砂まぶれの赤ん坊を
そっと抱きあげたのは
半身が土いろの男で　半身が水いろの女の
妖怪じみた老人《おいびと》だった
土いろの腕《かいな》と水いろの腕《かいな》が
小舟のかたちをした揺籃《ゆりかご》を組みあげ
赤児は　安らかに眠った
空腹でめざめると

土いろの乳房からは　黄金の蜜をすすり
水いろの乳房からは　青玉《せいぎょく》のしずくをすすり

みるみる成長して

土いろと水いろの唇からこぼれ散る言葉を
両の耳の壺にしっかり掬い

やがて　揺籃からぬけだし
海の渚に降りたった女の子は
慈しみ育ててくれた老人《おいびと》に
訊ねた

――あなたは　だ―れ？

半身が土いろの男で　半身が水いろの女の
怪物じみた老人《おいびと》は　やさしく　答えた

――わしは
大いなる水の祖霊の分身として
半身は　陸《おか》の縁《へり》にひたし
半身は　海の縁《へり》にひたす

渚じゃ

緑の髪もつ少女は　矢継ぎ早《ばや》に　訊ねた
――なぜ　半分男で　半分女なの？
渚が　答えた

――光でもあり　闇でもある　宇宙の塵の
気まぐれな離合集散の理《ことわり》によって

わしらは
ときに　男　ときに　女　ときに　両性具有

美しい秩序を生みだすため
すべては　交換可能の状態にあり

それこそが
自由の本義だけれど
いのちの成熟を叶えるべき自由の実現は
永劫の難問でもある

少女が　唇を貝のように閉ざし
押し黙った
渚の老人《おいびと》が　さらさらと　口調を変え
一枚の衣をひろげた
——土いろの糸と水いろの糸で編んだ衣じゃ
そなたも女の子　いつまでも裸じゃのお
なぜか　ぽうと　頬赤らめた少女は
すばやく　衣をまとい　髪を梳《くしけず》った
——でも　祖霊って何？　言葉って　何？
また　果て知れず問う少女の目を　じっと見
渚は　静かに　言った

――わしは　そなたに
ノンノ　という名を　授けよう
わしの役割は　そこまでじゃ
さあ　わしと別れ　独りで
はるかな旅路を　行くがいい

ノンノよ
世界は　無限に広く
そなたの疑問は　果てしなく
それに答えてくれるはずの
大いなる祖霊も　その分身も

この世に
夜空にまたたく星の光となって在《いま》す
ついには
そなたの大いなる使命　尋ね当てるまで
さあ
勇を鼓し　この渚から旅立つがいい

3　白波の助言

空《くう》とは
はじまりでも終りでもない
優美な断念か

ならば
大いなる水の祖霊の分身である渚から
ノンノ　と　名づけられた少女が
祖霊たちの教えを求めて　歩みだし
まず　最初に遭遇したのが
空腹であった　と　しても
有限の身にいのちをつつむ
はかない現象体としてのノンノにとって
それは
避けがたい欲望の発露か

海辺の岩によじ登ったノンノは
むすうの白馬の首で海面を噛む白波に問うた
――なぜ　人は
言葉だけで　生きられないの？
大いなる水の祖霊の分身である白波が答えた
――悩んで　さらに麗《うるわ》しいノンノよ
そなたには
言葉だけで生きぬく術《すべ》が　必要じゃ
――その術《すべ》とは？

白波が
ガラスのように透明な背をのべ　言った
――さあ　わしの背に乗るがいい
　ノンノ

沖の島に独り聳えたつ
地水火風の祖霊の申し子の杉の木が
そなたの問いに答えてくれるであろう

ノンノを乗せ　荒海を疾走して
白波は　またたく間に　沖の島に辿り着いた

――ありがとうございます
　白波のお爺《じい》様

ノンノの礼言《れいごん》に　白波が振り返った
――お礼の言葉は
咲き匂う花じゃのお
ところで　ノンノよ
そなたを　慈しみ育てた渚にも
心づくしの礼言《れいごん》　はなむけたかな
――はい　別れ際に
真心こめて　申し上げました
――その気持を忘れず
感謝の言葉　これからも　惜しむなよ

――はい
ご教示　ありがとうございます
白波と別れ　目当ての杉の木をめざして
ノンノは　鬱蒼と生い茂る森深く　分け入った

4　千万歳の杉の木

草むらに待ち伏せる隠れ岩が
ノンノの裸足《はだし》に噛みつき　血を吸った
血まみれの足を引き摺《ず》って
ノンノは　茨草《いばらぐさ》の茂みに　杉の在処《ありか》を求め

鎌首もたげる野葡萄の蔓に問い
鋭い針の葉かざす松の若木に尋ねたが
返答は　なかった

──きっと　わたしの口から出る言葉が
　内なる霊から生まれたものでないからか

己の未熟さをこころから恥じたノンノは
滝のほとりの楡の老木の根元に　正座した

目をつぶると　己の内部の闇をすかして
霊のかすかな揺らぎが　光明の薄明りを奏で
ノンノのこころの洞《ほら》を　曙光でみたしていく

自然に　両手を合わせて　合掌すると
言葉がおのれの深みから清水のように湧き
おのれの意志であっておのれの意志ではない
不思議な力が　見えざる掌《てのひら》に　その水を掬い
ノンノの口元に送りとどけ
唇から　水の花びらのように
外界へ他者の耳へとその言葉を散りこぼす
——大いなる祖霊様の賜《たまもの》として
生きておられる　楡の古木様
生れて未《いま》だ日浅く
身魂《しんこん》未熟なわたしではございますが

この森に　独り聳えたつという
杉の巨木様の教えを乞いに参った
未熟者《もの》のノンノと　申します

どうか　杉の巨木様の在処《ありか》
教えてくださいませ

改めて深く頭《こうべ》垂れ　伏して拝礼するノンノに
楡の老木が　梢ふるわせて　答えた
――わしと同じ祖霊の賜《たまもの》として生きる
少女ノンノよ

わしには測《はか》り難く大きな志を感じさせる
ノンノよ

教えてあげよう

その杉の巨木は
この森のすべてのいのちの尊崇の的《まと》
千万年もの齢《よわい》もつという　その木こそは
この森の　最高の知恵者

じゃが　その木は
肉眼では　けっして　見えぬ

そなたが　ちいさな我《われ》を棄て
目をつむり　無心の境地に入れば

その木は
そなたの心の世界に　姿を現わす

だから　その木は
いつでも　どこにでも　尊く在《いま》し

われらを　迷妄の泥沼から
救いだしてくれるのじゃ

再び丁寧に拝礼し　こころから礼を述べて
ノンノは　楡の老木に別れを告げ
無心の境地を求めて　歩みはじめた

湿地を渡り　谷川の激流を越え
森の最も暗い奥処《おくが》にさ迷いこんだノンノは

空腹が極限に達して
ついに　力つき

そそりたつ木々の根もとに　どうと倒れ
一瞬　想った

――このまま　ここで　朽ち果てようか

そのとき　別れ際《ぎわ》の渚の言葉が
ノンノの耳によみがえった

――そなたの大いなる使命　尋ね当てるまで

また　先刻《さっき》別れたばかりの　楡の古木の
言葉の断片が　ノンノの耳元をかすめた
――測《はか》り難い大いなる志

そうか　今こそ
飢えに苦しむこの身を越え
大いなる使命に殉ずる新たなおのれを
さぐり当てるとき

すがすがしい境地に入って
身を起こしたノンノのまわりに
俄《にわか》の霧がたちこめ
あたりが　暗黒の帳《とばり》につつまれ

恐れおののくノンノの眼前に
壮大な光の柱が噴水のように立ち昇り
むすうの枝葉を翼のようにはばたく大木が
巨大な姿を現した

声なく　深く頭《こうべ》を垂れ　拝礼するノンノに
杉の巨木が　しずかに　言った

――顔をあげよ　ノンノ
わしに　何を　訊ねたいのじゃ

ノンノは勇気を奮い起こし　決然と　言った

——言葉だけで生きぬく術《すべ》を
お教えくださいませ

一瞬　沈黙した杉の巨木は
かすかに笑い　言った

——言葉だけで生きぬく術《すべ》…
それは　すでに　そなたに備わって居《お》る

驚いて　見あげるノンノに
杉の巨木は　やさしく　言った

——ノンノよ
そなたは
海薔薇の木の生まれ

いまは　人間の少女の姿なれど
もともとは　樹木

すでに　木にして　人
すでに　人にして　木

よいか　ノンノ

木は　この世のいのちの頂点

杉の木であるわしを　見よ

大いなる祖霊の地に深く根をおろし
大いなる祖霊の水を全身に吸いあげ

大いなる祖霊の火からくる光を浴び
大いなる祖霊の風にあやされ

ただ　それだけで
千万年もの長寿　保って居《お》る

ノンノよ
そなたも　同じじゃ
父なる太陽の光　浴び
母なる月の歌から　魂の水すすり
風に緑の髪なぶらせて生きるだけで
総身の光合成　そなたの霊力をつちかい

千万年　億万年
みずみずしい乙女として生き得よう

さあノンノよ

森を出て　天から降り注ぐ陽光を浴び
大地をうるおす水　口にすすって

全身全霊　すがすがしく養い
大いなる使命を尋ねる旅つづけるがいい

パッと　目をひらくと
もう　杉の巨木の姿　どこにもなく
森の奥深い静寂《しじま》が
ノンノの前途のはるけさを　暗示した

5　緑の満ち潮

〝在《あ》る〟と　〝無い〟とは
背中あわせ　の　一身同体か
杉の古老が　ノンノの目にさらした
巨木としての外形と
彼の
日々熟れゆく　目には見えない内実とは
同じ彼の
分ちがたい　〝表〟と　〝裏〟か

――世界は
目に見える姿のみで　在《あ》る　のではない
と　あの杉の古老は
わたしに　悟らせてくれたのだわ

いまは　見るべくもない　杉の古老を
丁重に　拝礼し

満ち足りて　森を出たノンノは
岩陰の湧き水を　手ですくい
母なる月に　深く感謝して
喉を　うるおし

空から降り注ぐ陽光を　全身に湯浴《ゆあ》みして
父なる太陽に　厚く　礼を述べ
緑の活力が　満ち潮となって
総身にみなぎるのを感じて
ノンノは　海辺に　出た

――ついに　わたしは
永劫の飢えから　解放された
大いなる祖霊様たちにつながる
知恵ぶかい分身たちが
わたしの内部に昔から備わっていた
光と水で生きる力に目覚めさせてくれた

ありがとうございます

渚に　ひざまずき
ノンノは　伏し拝んだ
森羅万象をつらぬいて
壮大な交響楽のように鳴り響く祖霊の気配を

6　弟、海鵜の叛き

岸辺によせる小波《さざなみ》までが
ノンノの　感謝の言葉を
大いなる祖霊の耳に
とり次いでくれたような気がして

ノンノが　身を起したとき
背後の砂地で
不気味な　嗄《しゃが》れ声が　した
――ノンノ姉さん
　ぼくを　お許しください
驚いて　ふりむくと
それは　砂上にうずくまる　ノンノの影だった
――あなたは　だれ？
　なぜ　わたしに　許しを？

くしゃくしゃの影が
ノンノから　おのれを引きちぎって　立ち
黒く大きな海鵜の姿になって
脅すような低声《こごえ》で　言った

――ぼくは　あなたの　影です

太陽の光を前面に受けた晴れのあなたが
背後の闇に投げすてた　穢《けが》れの弟です

でも　ぼくは　いつまでも
日蔭者の身でいたくは　ない

いつまでも
姉のあなたの従属物でいたくは　ない

父なる太陽の光を　あなたに独占され
母なる月の目に醜を晒《さら》したくはない
そこで　ぼくは　決心したのです
姉のあなたから　わが身を　断ち切り
自由の身になって　独り立ちしようと
どうか
あなたの哀れな弟の苦しみを　察し
ぼくの独り立ちを
寛容なこころで　お許しください

驚きの稲妻に刺しつらぬかれて
ノンノは　棒立ちに　なった

突如
重い試煉が　ノンノを　襲ったのだ
だが　乗り越えねば　ならぬ

――大いなる祖霊様よ
われに　言霊《ことだま》の力　授けたまえ

目を閉じ　必死に念ずるノンノの耳に
大いなるものの声が　したたった

――おのれの霊を　そよ風として
相手の霊の空を　吹きめぐれ

言葉　おのずから　熟慮の露となって
そなたの舌の葉末に　きらめき宿ろう

パッと　目を開《あ》け
ノンノは　語った

——そなたの　深い苦しみを
はじめて知った姉のわたし　許してね
もはや　自我に目覚め
他者のいましめから　おのれを解放し
自由に生きたいと望む　そなたの願い
もっとも至極

でも　弟よ　わたしたち　どこまでも
大いなる祖霊の絆の糸に繋《つな》がるもの

昼は　太陽の同じ光浴びて　働き
夜は　月の同じ歌の蔭で眠るもの

いかに　それぞれ　離れ離《ばな》れでも
姉と弟の縁《えにし》は　永遠よ

それには　答えず
海鵜は　暗黒の大羽根を　ひらいた

――さあ　わたしの背に　おのりください
向う岸まで　お送り致します

こうして　海面すれすれを　巧みに飛び
岸辺に着いた海鵜は
――ぼくは　ぼくの道を　行きます
と　言いのこし　後をも見ずに
内陸深く　飛び去り
光明の姉に叛き
暗黒を生きるものとなった弟を
もはや　影を失った姉は
悲しみのまなざしで　独り　見送った

7　影よ

影よ
光の全方位性を試してはばからない人体の
軽はずみな移ろいを
地に色濃く極印する
訴人《そにん》よ

影よ
いかに　人が
豪奢な衣を　身にまとい

いかに　多彩な表情を
顔《かんばせ》に　奏でようとも

〝その究極は　黒《くろ》一色の闇〟と
暴《あば》く光によって

裁きの庭に　召しだされた
証人《あかしびと》よ

影よ

暗黒の分かちあいよ
差別なき沈黙よ

死の平等よ

人のみならず
白昼の光に身をさらすすべてのものを
背後で　まがまがしい夜の口をひらく
底なしの闇の断崖へと
誘《いざな》いよせ
万象にやどる御霊《みたま》の在処《ありか》を
声なき声で　そっと　明《あ》かす
影よ

8　地の祖霊、大地震

影を失って
はげしい虚脱感に襲われたノンノは
荒磯に
朽木となって　倒れ
——わたしの　霊の在処《ありか》は
いずこ？
と　泣いた
すると
巨大な獣の唸り声が　地底から湧きおこり

やがて
地軸をゆるがす吠え声となり
ごうごうと　地響きたてて
地鳴りが　陸土をおびやかし
いつしか　それが
大地をゆるがす　巨大なエコーの声となった
――ノーンーノー！
毬のように跳ね踊る石くれに追われ
鯨の背のように上下する浜辺の丘に逃《のが》れ

一本の松の幹に
かろうじてすがりついたノンノは
恐怖に凍る体をふりしぼって
叫んだ

――わたしを呼ぶのは
だ―れ？

巨大な地鳴りの声が
海沿いの断崖の岩を音たてててくずし　答えた

――わしは
大地の肉体に　永劫の霊を祭って生きる
地の祖霊じゃ

いまにも倒れそうにゆれる木にしがみつき
ノンノは　絶叫した

――なぜ？
　わたしを　呼ぶの？

空もはり裂けんばかりの声が
遠くの山々を土煙の底にくずしながら　言った

――そなたは
　わしの　大切な末孫だからじゃ

ノンノは　すかさず　反論した

――〝大いなる祖霊〟様　と
地上のいのちあるものたちによって
崇められるべき　あなた様が
なぜ大地震をおこし
罪もない山を壊《こわ》し　崖をくずし
飛べない雛鳥を押し潰し　虫の巣を奪い
あなた様の末孫のわたしを
恐怖のどん底に　突き落すのですか？
地下への口を大きく開く　地割れの声で
地の祖霊が　答えた
――ノンノよ　知るがいい

地の祖霊のわしといえども
もとはといえば

万物と同じ
宇宙の塵によって生みだされたもの

地球をかたちづくる
わしの肉体も

もとを正せば
そなたと同じ　宇宙をただよう塵の産物

たまさか　先立って生まれた
わしと　水と　火と　風が

いつしか　太陽と月を介して
そなたを生みだしたのじゃ

――それで　あなた様は
何を言いたいのですか？

――わしらも
そなたと同じように
肉と霊をもち
いのちあるものとして　生きている

大地震とは
わしの巨体の　百年千年毎《ごと》の　身じろぎ

ノンノよ

それを　しっかり　わきまえ
わしらと一緒に生きる知恵を探るべし

大地震が　パッと　止んだ
ハッとして　ノンノは　松の木を　はなれた
一瞬　静寂をとり戻した天地を
地の祖霊の　最後の声が　厳《おごそ》かにつらぬいた
――言霊人《ことだまびと》として生きる決心かためたからには
ノンノよ
おのれの影を失った悲しみ
のりこえ

われら祖霊たちと言葉交《か》わす術《すべ》
しっかり　学ぶべし

9　水の祖霊、大津波

皿に盛られた泥のシチュ―のように
ひたひた揺れた大地も
たいらかな静もりを
とり戻し
ものいわぬ石くれが
瓦礫《がれき》のように散乱する地面
ノンノは　立ちすくんだ

――それにしても
地球という星そのものを肉体とする地が
わたしと同じ
宇宙の塵のかたまりであり
わたしのいのちの系譜につながる
大祖父《おおおじいちゃん》なのだとは
なんという絆の不思議であろう
まっぷたつに割られた地表や
地肌もあらわに崩壊した断崖を見やって
ノンノは
ほっと　溜息をついた

――想像を絶する巨大な肉体に
測りがたく深遠な霊を秘めた地の祖霊様

わたしの
尊い大祖父《おおおじいちゃん》よ

末孫である私は
身を粉にして　学び

あなた様の言霊《ことだま》と私の言霊《ことだま》が
一日も早くひびき合えるよう

しっかりはげみますので
どうぞよろしくお導きくださいませ

早くも　ノンノは
地の祖霊と言葉を交《か》わす力こそは
いつか　また　必ず来訪するであろう
巨大地震を予察する能力となって
人々に　それを告げ知らせる
言霊人《ことだまびと》のはたらきを支えるものとなる
と
悟ったのだ

——とは　いえ
いかにすれば
祖霊様と自由に言葉を交《か》わせるのか

ふと　天頂をふり仰ぎ
純金の微笑みをふりまく　父なる太陽から
知恵を借りようとするおのれに気づき
ノンノは　はげしく　頭《かぶり》を振った

――これぱっかりは
どんな親しいものにも頼らず
自力で解決しなければならぬ！
今　わたしは　試されている
油断大敵よ！
ノンノ

そのまま　その場に立ちつくし
ノンノは　思案の渦に　身を投げた

――まずは　祖霊様への呼びかけが　大事

でも　もしわたしが祖霊様だったら
いかなる者の呼びかけに答えるだろう
思いをこめおのれの言霊《ことだま》の総力をあげ
祖霊様に　ひたと向きあうものにこそ

祖霊様は　耳をかすだろう

とすれば　まず　わたしは
祖霊様にむかって　こころ確かに整え

誠をつくして　言霊《ことだま》を　醸《かも》し
真実の肉声をもって
祖霊様に　呼びかけなければならぬ
片言隻句《へんげんせっく》といえども
嘘偽りやまやかしがあってはならぬのだ
目に瞼の鎧戸をおろし
立ちつくして思案するノンノは
沖の彼方　水平線のむこうで
恐ろしい異変が起りつつあるのを
知る由も　なかった

——呼びかけは　しかし
言葉だけではあるまい
どんな言葉を　どう発するか
が　一番の問題だけれど
そのとき
首は　手は　足は　背は　どうすべきか
それと知らぬまま
渚に身をむけたノンノは
目前に茫洋とひろがる無量の水に
すべての思いを集中し

身内の深みから発露する真心を
肉声にこめて　発語した
ありったけの親愛の情を
旋律にのせ
音楽の一節《ひとふし》を奏でるように
歌った

――水の祖霊の大祖母《おおおばあ》ちゃ―ん！

すると　それに答えるかのように
不気味な海鳴りが　沖合いからわきおこり
轟々と　こだまを
岸辺に送りはじめた

それと知ったノンノは
恐怖よりは　むしろ　呼びかけの効果と考え
よろこび勇んで　渚に歩みより
首をたかく上げ　手をひろげ　足を踏み
背を弓弦《ゆみづる》のように撓《しな》わせ
もう一度　呼びかけた
――水の祖霊の大祖母《おおおばあ》ちゃ――ん！
その声を合図に
みるみる　渚の水が沖へと引きはじめ

ごろごろと音たてて
海底の石ころが　沖にむかってころげだした
――水の祖霊の大祖母《おおおばあ》ちゃ――ん！
呼びかけは
甲高いファルセットの歌声となって宙を裂き
それに合わせて
体全体をしなやかな液体の舞いにくねらせ
ノンノは
水が引いて魚や蟹がうごめく海底へと躍り出
もう一度
身をふりしぼって　うたった

――水の祖霊の大祖母《おおおばあ》ちゃーーん！

すると
沖の方から　底響きする海鳴りの声が起った

――だれじゃーー！
わしを　呼ぶのはーー？

ノンノの叫びかけが
効き目をあらわしたのだ
必死に　ノンノは答えた

――わたしです！
ノンノです！

――おお
わしの　可愛《かわい》い末孫のノンノか
なぜ
わしを呼ぶのか
――わたしの尊い祖霊様と
お話を　したかったのです
――それが　どんなに恐ろしい結果を招くか
知ってのことか？
――いいえ　知りませぬ
――じゃあ　教えてやろう　ノンノ

岸辺から沖へと手繰り寄せられた引潮が
みるみる盛りあがる水平線に吊りあげられ

大津波が
巨大な蛇の鎌首をもたげた

轟々と音たてて　岸辺にうち寄せ
むすうの水の牙で　ノンノに噛みつき

逃げる間もなく立ちすくむノンノを
一気に巨大な水の口にくわえこみ

失神したノンノを
はるか陸地の奥へとはこび

丈高くそそりたつ山の中腹に
ぽんと　吐きだした

――緑の髪や　衣が
父《とう》さんの太陽の熱で乾く頃には

また　パッチリと
玉《ぎょく》の目をひらいて目覚めるじゃろう

ノンノよ

祖霊との交信は
可程に　恐ろしく　厳しいものなのじゃ

だが
言霊人《ことだまびと》の第一の資格は　祖霊との交信力

心して　励めよ
わしの　愛《いと》しいノンノ

あっというまに
大津波は　海へと引き
草生《くさむ》す岩山の背に
流木のようにうち上げられたノンノは
意識を失ったまま
溺死体のようにつっ伏し
泥のように　眠った

10　海鵜の妖怪

ホワイトトパーズの一滴《ひとしずく》が
ノンノの瞼に　冷たく　したたった
母なる月の　歌声だった
――めざめよ　ノンノ
　大いなる祖霊を巡歴する旅
　いまだ　道　半ば
見開いた目めがけて
鋭く尖った兇器が　襲いかかった

父なる太陽の光を浴びた全身を
弾力の肉叢《ししむら》にして
一瞬　ノンノは　岩肌から飛騰し
攻撃をかわした

空をおおう巨鳥の　研ぎすまされた嘴が
しつこく　襲撃をくり返した

弟の海鵜だった

森の鳥や獣を貪って　暗黒の覇者となった
兇暴な猛禽だった

——弟よ！
なぜ　実の姉のわたしを？

絶叫するノンノに
巨鳥は　嗄《しわが》れ声で　せせら笑った
――姉弟《あねおとうと》も　他人のはじまり
あんたは　今や　俺の餌食にすぎぬ
さ　その　エメラルドの眼球二つ
俺様の朝食のデザートに　いただきだあ
間髪いれず襲う嘴をかいくぐり
やっと密林の葉むらに逃げこんだノンノは
あまりの衝撃に早鐘うつ心臓をかき抱き
草叢に坐りこんだ

――しかし　あの　暗黒の翼ひらく巨鳥も
もとを正せば、わたしの影
彼の存在の全責任は　このわたしにある
なす術《すべ》もなく　こころを痛めるノンノに
足元の苔の花が　ささやいた
――今こそ　あなたの大祖母《おおおばあちゃん》である
火の大いなる祖霊の教えを乞うといいわ
深くうなずいたノンノは
跪《ひざまず》いて　祈った
――言霊人《ことだまびと》としての修行の旅に登りたての
未だ未熟者の　わたし　ノンノに

どうか
火の大いなる祖霊様
かつては　わたしの影であり
今は　わたしのいのちを狙う　あの猛禽に
わたしのなすべきことを
お教えくださいませ

返答は　なく
聞えるのは　上空を飛ぶ巨鳥の羽音ばかり

一瞬　絶望の淵に突き落とされかけたノンノに
山葡萄の花が　紫の唇を　開いた

――ノンノよ
火の大祖母様《おおおばあちゃん》と語るには
大いなる祖霊に相応《ふさわ》しい礼をつくすべきよ
ノンノは　うろたえた
太い枝を電光のように疾走する栗鼠が
白い胸毛をひるがえし　金切り声をあげた
――枯枝の焚火で
きよらかな迎え火　焚くんだよ！
火種は　どこ？

うろたえるノンノに
幹の洞《ほら》から　梟の声が　降ってきた
——足元の　黒い石英のかけらを　打ちつけ
火花を枯草に散らして火をともすんだよ
枯枝が　焔《ほむら》の花を咲かせ　掛け声をあげた
——ハイヨー　踊れよ　踊れ
パチパチ爆《は》ぜる火花が　手拍手をうった
——ヘイヨー　うたえよ　うたえ
自然に　ノンノは　立ちあがり
体の深奥から湧く律動に合わせ　うたい踊った

――ハイヨ―
私の尊い火の祖霊様
わたしの弟がいつしか巨鳥になり
わたしの目玉をついばもうとします
ヘイヨ―
わたしの気高い火の大祖母様《おおおばあちゃん》
身に寸鉄帯びぬわたしは
どうしたらいいのでしょうか
お導きくださいませ
ごうごうと山鳴りが起って
山全体が鳴動し

巨大な木霊《こだま》の声が　全山の草木を震わせた
――だれじゃ！
うたた寝するわしを　揺り起すのは？
ノンノが　地に伏し　言った
――あなた様の末孫の　ノンノでございます
み教えをたまわりたく
お願いの焚火を焚かせていただきました
火の大祖母《おおおばあちゃん》の　慈しみの声が
天降った

――おお
わしの末孫の　可愛いいノンノ
かねてより　わしも
そなたの弟の兇暴さに　胸を痛め
いずれ
懲らしめの火を放とうとしていたのじゃ
だが　そなたが　まず　なすべきは
この山の頂上に登りつめ
言霊人《ことだまびと》についてのわしの教えを
しっかり　聴きとることじゃ
ノンノが　恐れおののいて　言った

――でも　頂上に辿り着く前に
弟の鋭い嘴は　わたしのいのちを奪います

――焚火の燃えさしを　高くかかげ
わしの名を　高らかに唱えて　登れば

どんな猛禽も　近づけまい

登りはじめたノンノを
不気味な嗄《しゃが》れ声たてて海鵜の妖怪が襲ったが
嘴を突きたてることができず
森の葉むらの上を　空しく旋回した

11　火の祖霊、大噴火

岩山の頂に　霧の祭場がたちこめ
もうもうと煙《けぶ》る乳色の神殿に
ぽうと
一筋の火柱が　立った
威光におされて
ノンノは　深々と拝礼し
手にした焚火の燃えさしを
岩の裂け目に　立て
ひれ伏した

——畏れ多い　はるかはるかな遠祖の
火の大祖母《おおおばあちゃん》様

お膝元にまかり越した　あなたの末孫の
思慮浅く　経験乏しいノンノでございます
一人前の言霊人《ことだまびと》となるため
学びの道についた未熟者でございます

どうぞ
厳しく教え導いてくださいませ

火柱が　美しくゆらぎ
澄明な声が　ルビーの輝きを　散りこぼした

——こころして　しっかり聴くがいい

言霊人《ことだまびと》とは
宇宙の無量の息吹きを
霊の風として

己の深奥に吸いこみ
森羅万象への愛へと醸し

泡だち　湧きたつ　発語本能を
水々しい内言へと濾し

光明となってしたたたる言葉を
惜しげもなく全世界に撒き散らし

大自然そのものとして在《あ》る万物に
いのちの糧《かて》を振舞うもの

すかさず　ノンノが　質《ただ》した

――では　大いなる祖霊様
言霊人《ことだまびと》とは　詩人のことですか

火の祖霊が　厳しい口調で　答えた

――たやすく
詩人という言葉を　口にするなかれ

えてして　人は

口先だけのもじりや軽口を弄ぶ輩《やから》
散文を詩の調子に並べかえるだけの族《やから》を
自他ともに詩人として僭称し
受けのいい巧言をもてはやす通弊あり

だが　ノンノよ

言霊人《ことだまびと》を
言葉遊び人《びと》と混同するなかれ

確かに　言霊人《ことだまびと》は
予察と啓示の言葉を紡ぐ特殊能力を持ち
ときには　われら祖霊と交信して
大自然の声を人びとに取り次ぎ

世界の精神的な立法者であることによって
言葉の精密な意味での詩人となるが
とかく　舌先三寸の安直な言葉へと
堕落しがちな人の世にあっては
誤解を招きやすい詩人という言葉は
禁物

真の詩人の条件を完全に満たす
言霊人《ことだまびと》という言葉をこそ　用いるべし
己の使命の重大さを　ひしひしと実感し
平伏するノンノに　火の大祖母《おおおばあちゃん》が　警告した

——ノンノよ
しばし　まどろみ　なまったわしの体が
疼きはじめたわい
そなたは
今すぐ　この山の頂を駆け降《お》り
西の山裾から大草原へと逃《のが》れるがいい

驚いたノンノが　立ちあがって
訊ねた
——火の大祖母様《おおおばあちゃん》
何が　起るのですか？

――大爆発じゃ！
わしの　大噴火じゃ！

この山頂に
ぽっかりと巨大な噴火口が開《あ》き
超高温の巨大火砕流が
猛スピードで山麓へと流れ下《くだ》るのじゃ

さ　脇目もふらず　この場を立ち去り
大草原に聳えたつ春楡の樹陰めざすべし

山全体が　ごうごうと　鳴動し
天が裂け　稲妻が　はためいた

――ありがとうございます
　火の尊い大祖母様《おおおばあちゃん》

山頂から駆けだし　下界めざしたノンノは
つい　火の大祖母《おおおばあちゃん》の言いつけに背き
ここに来る迄のノンノに親切をつくした
苔の花　山葡萄の花　栗鼠　梟に

――山が　大噴火しますよ――！

と告げ回ったので
どどどどどっと大轟音たてて山頂が噴火し
巨大な火柱が
真紅の龍となって天たかく舞いあがり

どず黒い噴煙が
巨大な樹木のようにもくもくと立ち昇り
むすうの火山灰　火山弾　礫を
山腹に雨霰と降らせはじめたのに

山の中腹の樹林をなおも懸命に伝い走り
やっと山麓を抜けたときには
巨大火砕流が　すぐ背後に迫り

火山弾につばさを撃ち抜かれた海鵜の妖怪が
地上すれすれに悲鳴をあげて飛び去るのを

複雑な気持で見送ったノンノも
降り注ぐ火山灰と火山礫を全身に浴び
辛くも辿り付いた
大草原の春楡の巨木の根元に
灰まみれ　傷まみれの身を
痛々しく　横たえた

12　風の祖霊、大龍巻

己《おの》が身の奥処《おくか》からふつふつと湧く
想像力の　熱い泉のしずくを
身とこころに　やまず循環させて生きる
ノンノは

父なる太陽の光を膏薬として
万身の傷を癒《いや》し

母なる月の涙のしずくを薬水として
身を洗いすすぎ

美しい琴の音《ね》に　身魂《しんこん》が禊《みそ》がれて
さわやかな意識をとり戻し

春楡の巨木に　訊ねた

——どなたのこころこもった贈物ですか
この　美しい琴の音《ね》は

春楡の巨木が
さわさわと葉むらを揺さぶった
――末孫のそなたを　いつも　気遣う
風の祖霊の大祖父《おおおじいちゃん》じゃ
――風の祖霊様は
琴を奏でられるのですか
――そうじゃ
水晶の胴に光の弦を張った琴じゃ
ノンノは
身を起こし　立ちあがった

——いのちあるものの身とこころを癒《いや》す琴
わたしも　奏でたいわ

春楡の巨木が
枝葉をふるわせ　笑った

——では　ノンノよ
　琴への願いこめた踊りを捧げ
　大いなる祖霊様に頼んでみるがいい

即座に言霊《ことだま》へとおのれをひらき
夢心地の恍惚に燃えるノンノは　うたい踊った

——わたしの敬愛する
風の祖霊の大祖父様《おおおおじいちゃん》

言霊人《ことだまびと》への修行途中の
あなた様の末孫のノンノでございます

どうか

感動の滴《しずく》でいのちを潤《うるお》す琴
お授けくださいませ

一瞬　大気の流れが　止まった
汗にじむ顔　上気した頬を
さわやかな冷気がやさしくさするのを感じて
ノンノは　踊りやめ
吹きそめる微風《そよかぜ》にむかって　平伏した

――ノンノよ　わしのいじらしい末孫よ

水晶の声が
虚空を　流れた

みるまに　微風《そよかぜ》が渦流をえがき
草葉《くさば》もなびく旋風の渦が　風景をゆがめ
ごうごうと吹きすさぶ大旋風が
枯枝　枯葉を　空に巻きあげ
その中心から
澄み切った大音声《だいおんじょう》が　美しく　散りこぼれた

――ノンノよ

言霊《ことだま》の織りなす言葉の極みこそは
言霊人《ことだまびと》の到達すべき業《わざ》の頂《いただき》

ノンノよ
こころして　聴け

言葉こそは

言葉紡ぎ　奏で　描き　舞い　行為して
生きるための　源

この世は　純正な言葉から　はじまり
豊饒な言葉の美しい交響で　終る

だから　ノンノよ

おのれの魂の深みで曙光となって萌え
魂の呼びかけとなって芽吹く感動を

肉声へと形象化する
その一瞬の秘蹟こそは

音楽美　心象美　論理美の虹を
人のこころの空に奏でる神技なのだから

言霊《ことだま》から
いかなる真《まこと》の言葉を汲みあげるかは
すべて言霊人《ことだまびと》の業《わざ》の熟達にかかっている

おさおさ　怠らず　励めよ
ノンノ

多くの経験を　積み
この世の喜怒哀楽　しっかり見定め

ひたすら　言霊《ことだま》肥やし　言葉磨き
言霊人《ことだまびと》としての成熟　なし遂げよ

その前途　祝って
由緒ある琴　そなたに授けよう

風の祖霊のさわやかな高笑いを合図に
巨大旋風が　渦巻き

水晶の巨大な龍のとぐろの中心に
ノンノを巻きこむや

――わしの　こころ正しい末孫の一人に
琴づくりの名手が　いる

さあ
その隠れ里まで　ひとっ飛びじゃ

野越え　山越え　谷越え
断崖絶壁にとり囲まれ　鬱蒼と生い繁る森に
ぽとりと　ノンノを降ろし
大祖父《おおおじいちゃん》は　大龍巻の姿で　吹きすぎた

第二楽章　母郷創世

1　謝祷

木《こ》の間隠《まがく》れの草むらにひざまずき
ノンノは　合掌した

——ありがとうございます

大地震によって大地の命動《めいどう》を教え給《たも》うた
地の祖霊の大祖父《おおおじいちゃん》様

大津波によって海の身動《しんどう》を教え給《たも》うた
水の祖霊の大祖母《おおおばあちゃん》様

大噴火によって焔《ほむら》の威力を教え給《たも》うた
火の祖霊の大祖母様《おおおばあちゃん》
大旋風によって不可視の愛を教え給《たも》うた
風の祖霊の大祖父様《おおおじいちゃん》
あなた様たちの智恵と力と愛によって
大いなる祖霊の申し子として生きる
春楡の木よ　苔の花よ　梟よ　栗鼠よ
ありがとうございます
わたしも大いなる祖霊様の末孫として

一人前の言霊人《ことだまびと》に成長すべく
さらに修行をつみたいと存じますので
これからも　よろしく
お導きくださいませ

美しい琴の音《ね》が
微風《そよかぜ》の小舟を漕いで　ノンノの耳に辿りつき
すべらかな木づくりの琴を抱いた若者が
目のまえに　立った

2　隠れ里《ざと》

波うつ黒髪《くろかみ》の束に　鹿の骨を刺し
黒光《くろびか》りの髭《くちひげ》・鬚《あごひげ》・髯《ほおひげ》を荒々しく茂らせ

黒真珠の瞳まばゆくうるませて
若者は　両手をひらき　拝礼した

――ノンノ様
　われら一同お待ち申しあげておりました

驚いて　ノンノは　問うた

――どうして　わたしの来るのを？

若者が　壮重に　答えた

――いつしかわれらに風の便りが齎《もたら》した
　百年千年の尊い言い伝えでございます

身をのりだし　ノンノは　さらに　問うた
――それから　ずっと　言い伝えて？
――はい　それから　われら　百年千年
あなた様のご到着を待ちつづけ
やっと　本日　お迎えすることができ
この上のよろこびは　ございません
――では　琴も？
――石刃《せきじん》で木を削り　獣の腸の弦を張って
あなたさまに渡す琴　伝えて参りました
さあ　われらの積年の悲願籠《こも》る　この琴
お受け取りくださいませ

ノンノは感動し　伏して　琴を拝受した
かつて　堕落した人類を流氷の底に埋《うず》め
絶滅の罰を科した大いなる祖霊の風も
断崖絶壁に囲まれた森を隠れ里《ざと》とする
こころある人びとは滅ぼさなかったのだ

——まずは
皆《みな》の衆の集いに　ご案内申しあげます

粗末な貫頭衣の若者が
森を流れる川ぞいの台地に導いたのは
老若男女の群がる広場だった

ほとんど同じ身なりの　総勢二八人が
ぱちぱち爆《は》ぜる焚火のそばに　いた
枯木が青白い光に変化《へんげ》する　焔《ほむら》の神秘が
突如　ノンノに　のり移った

琴をひときわ強くかき鳴らすと
天を仰いだノンノは　高らかに鬨の声をあげた

オホオホオホオホオホ――！

体じゅうに燃え移った火が
血を沸騰させ　魂を焔《ほむら》の龍に変えた

——宇宙の摂理を啓示したもう
　大いなる祖霊の皆様——!
異界にも届けよ　と　ばかり
澄み切ったファルセットで絶叫するノンノは
もはや
日常のノンノでは　なかった
大いなる祖霊の世界を浮遊する
詩人のノンノだった
緑の髪をふり乱し　薄《うす》薔薇いろの肌もあらわに
踊り狂い　奏で　呪文をうたうノンノは

もはや
言霊人《ことだまびと》そのもののノンノだった

いや

しなやかに　舞足《まいあし》と舞手《まいて》を自由にくねらせ
琴を奏でて　自在に踊る　ノンノの舞姿《まいすがた》は

言霊《ことだま》そのものの
華麗にして艶《つや》やかな美の現《うつ》し身だった

——火の大祖母《おおおばあちゃん》様

闇の地平に薄くれないの曙を刷《は》く
朝の太陽

いのちあるものの身を熱い焔《ほむら》で焼く
紅蓮《ぐれん》の血
天末を茜に染める　夕映えの情《なさけ》
生きる糧《かて》焼く　焚火の愛
母の胎《はら》から生まれいずる　赤子の声
燃えさかり　日々の暮しを熱く焚く
赤よ

火の大いなる祖霊様の
きよらかないろよ

ノンノのはげしいリズムの呪文に誘《いざな》われ
白髪白髯《はくぜん》の長老が　手拍子をうちはじめた

――地の大祖父様《おおおじいちゃん》

胎児はらむ　子宮の闇
山川草木の根はぐくむ　大地の暗がり
死者の永劫の眠りあやす　夜の冥《くら》さ
言霊の乳醸《かも》す　精神の深奥
未知の世の芽秘める
大いなる蕾の内部の漆黒よ
地の大いなる祖霊様の
深遠ないろよ

ノンノの　旋律ゆたかな呪文に触発され
群人《むらびと》が　挙《こぞ》って　手拍子をうちはじめた

――水の大祖母様《おおおおばあちゃん》
風の大祖父様《おおおおじいちゃん》

すきとおった水晶の真心《まごころ》
澄みきった清水の真言《しんごん》

水と風の大いなる祖霊様の
けがれなき　無色の信条よ

ノンノの　ますますはげしさを増す乱舞に誘われ
群人《むらびと》が　てんでに　踊りはじめた

――ありがたきかな
大いなる祖霊様のお導きで
大自然の内懐《うちふところ》に抱《いだ》かれた
この隠れ里《ざと》で出会いしわれら
ともどもに　手をたずさえ
大いなる祖霊様の末孫として
分かちあいの日々
生きぬいてまいりたいと存じます
お力　おかしくださいませ
ノンノが　地にひざまづき　両手を天にのべ
群人《むらびと》全員が　それに　和した

――心篤《あつ》き　火の大祖母様《おおおばあちゃん》――！

ノンノの呼びかけと拝礼に合わせ
群人《むらびと》全員が　呼びかけ　拝礼した

――心澄める　風の大祖父様《おおおじいちゃん》――！

ノンノの呼びかけと拝礼に合わせ
群人《むらびと》全員が　呼びかけ　拝礼した

――心根深き　地の大祖父様《おおおじいちゃん》――！

ノンノの呼びかけと拝礼に合わせ
群人《むらびと》全員が　呼びかけ　拝礼した

――心清らな　水の大祖母様《おおおばあちゃん》――！

ノンノの呼びかけと拝礼に合わせ
群人《むらびと》全員が　呼びかけ　拝礼し

突然
ノンノは　草むらに　倒れ伏した
言霊人《ことだまびと》としての　はじめての業《わざ》に
全力を使い果たし

昏々と眠った

3　ユンの支え

眠りとは
無意識の蜜を甘く醸《かも》す　夜の壺か
芳香はなつ刈草の褥《しとね》で
ノンノは　めざめた

洞窟の　入口から　若者の声が　した
——火を通した川魚でも
　　お持ち致しましょうか

外に出たノンノは
朝の光を全身に浴びて　言った

――光と　ひと掬《すく》いの水だけが
わたしのいのちの糧《かて》
ところで　昨夜《ゆうべ》　広場からこの洞窟まで
わたしを運んでくれたのは　だれ？

――群人《むらびと》から　ノンノ様のお世話を委《ゆだ》ねられた
わたくし　ユンです
掟破りの　狼や羆から
ノンノ様をお守りいたします

ふと　官能の焔《ほむら》妖しく燃えさかる焚火から
この洞窟の闇の臥所《ふしど》へと

巌《いわお》のように逞しい若者の胸に抱《いだ》かれ
辿りついたおのれの姿を想像して
ノンノは　頬を赤らめた
――二度と犯してはならぬ失態！
言霊人《ことだまびと》の業《わざ》を叶えぬく体力
燃えつきぬよう抑制する術《すべ》を究めねば！
だが　群人《むらびと》の反応は　逆だった
――昨夜の　ノンノ様の
すべての力をだし切っての　迫真の業《わざ》
全員　心服いたしました

もはや　ノンノ様は
この群《むら》の　精神そのものです
言霊人《ことだまびと》ノンノ様は
いまや　この群《むら》の　主柱です

どうか　非力なわれらを
永久《とわ》に　お導きくださいませ

地に手をついて拝礼するユンの言葉が
ノンノを　力づけた

4　母郷づくり

――民の声は　天の声
　われら祖霊の声の谺《こだま》なり

ちいさな焚火に額衝《ぬかず》き
地・水・火・風の祖霊を祀《まつ》る業《わざ》を
毎朝の勤《つと》めとしたノンノに

その日の諭《さと》しの言葉が　天降《あまくだ》った

ユンと連れだって　高台を横切《よぎ》り
大きな滝のほとりの洞窟を訪れたノンノは

断崖から雄大な白龍《びゃくりゅう》となって飛墜《ひつい》する瀑布の
水しぶきたつ虹に見惚《みと》れる長老を拝礼した

――長老さま　朝早くから　恐れ入りますが
折り入って　ご相談が　ございます

光りまばゆい白髪白髯《はくぜん》も美しく
長老は　ゆったりと　微笑んだ

――昨夜の入神の業《わざ》
さすが言霊人《ことだまびと》の功《いさおし》と敬服致しました

――それも
四柱《よんはしら》の祖霊様のみ教えの賜《たまもの》でございます

――して　今朝は　また　何のお話で…

一呼吸おいて　緑玉《エメラルド》の目をかっと見開き
ノンノは　口火を切った

——民の声こそ　天の声　とは
祖霊様のお諭《さと》し

広場に　群人《むらびと》　挙《こぞ》って　円座組み
上下《じょうげ》の隔《へだ》てなく　語らいとうございます

ノンノの深い意図を察した長老は
即座に　言った

——さっそく　群人《むらびと》に　声をかけましょう

山菜摘み　川魚漁《すなど》り　鹿狩る　生業《なりわい》終えて
太陽が　天頂から西に傾《かたぶ》きはじめた広場に
群人《むらびと》　集《つど》い　車座に坐った
長老が　ゆったりと　言《こと》の葉《は》をつむいだ
――これからこの群《むら》のこころ束《つか》ねるのは
言霊人《ことだまびと》としてのノンノ様のお役割
われらのいのちの劫初に在《ましま》す祖霊様の
お告げを取り次がれ
われら　どう　生きるべきか　の指針を
われらに示唆していただく　大切なお方《かた》

群《むら》の衆よ

ノンノ様の一言一言《ひとことひとこと》
大自然よりの声として　漏らさず拝聴し

これからの　群《むら》のあり方《かた》
しっかり　見定めるのが　肝要じゃ

知恵ぶかい長老の声で　一座は　静まった
ノンノが　一歩　進みでた

——お一人《ひとり》　お一人《ひとり》
宝玉《ほうぎょく》のいのち　抱きしめる
群《むら》の皆様

あまねく
地・水・火・風の祖霊の末孫なる皆様
共々に　支えあい　働きあって
分かちあいの郷《さと》　はぐくみ
知恵だしあい　力よせあって
心豊かな日々の光明　絶やさぬため
今　さらに　なにが必要か
篤《とく》と　話し合いましょう
黙ってうなずく　群人《むらびと》の面持《おもも》ちをみて
とっさに　ノンノは　全員発言法を　創案した

ユンが　七葉ずつの
蕎麦と撫子《なでしこ》と油菜と芹の葉を　袋に入れ
それを引いた二八人の群人《むらびと》が　七人ずつ
蕎麦と撫子《なでしこ》と油菜と芹の四つの小群《こむら》に分かれ
執《と》り成《な》し人《びと》をえらんで
俄然　活発な　談じ合いが　はじまった

——四つの小群《こむら》で　共通して多かった話題は
洞窟暮《ぐ》らしのままでいいのか　でした

大きく開《あ》いた洞《ほら》の口から　雨風が忍び入る
冬の寒さは　老人を窮地に追いやる
蛇や鼠　ときには猛獣が　たやすく侵入する
風通しが悪く　火を焚いても　煙出《けむだ》しがない

数多くの意見を集約したユンの言葉を受け
ノンノが　提案した

――洞窟の他に　どんな住まい方がいいのか
一人ひとり　祖霊様のご意向もふまえ
明日　また　談じ合いましょう

翌日の集いの談論は　白熱し
様々な提案が交叉したが
ノンノの執《と》り成《な》しで　おさまった

――地と水の祖霊様の強いお勧めに添って
この高台の地に　木と草の家をしつらえ

百年千年ごとの　水の大祖母様《おおおばあちゃん》の
大洪水の姿でのご来賀に備えましょう
家は広場をかこんで　向こう三軒両隣《りょうどなり》
六、七軒で円座をえがき

この小群《こむら》をもって
この世の基《もとい》　世界の根源と致しましょう
さらに　いくつかの小群《こむら》　つなげて
この地に生きるわれらの　母郷　とし

万事　広場での話し合いで決め
漁《すなど》りも　狩も　山菜摘みも　共働し
喜怒哀楽　共有し

地吹雪　極寒　猛暑　共に耐えしのぎ
巨大地震　巨大津波や洪水　巨大噴火
巨大旋風の姿でご来臨される祖霊様を
諸人《もろびと》　挙《こぞ》って　喜び迎えられるよう
知恵深く賢い暮しの郷《さと》　築きましょう

衆議一決　方向は　定まった

その夜　広場に集《つど》った群人《むらびと》は
火花散らして昇天する焔《ほむら》の龍を　焚き
供物を捧げ　ノンノの呪文詩に合わせて
盛大な祖霊祭りを　夜を徹してうたい踊り明《あ》かし

新しい母郷《ぼきょう》づくりへの強い意志を確認し合い
大いなる祖霊たちに　永久《とわ》のご加護を祈った

5　ノンノの苦悩

光と闇の　はからずもの共存こそは
宇宙根源の理《ことわり》

日と夜の　眠りと覚醒の　生と死の
おのずからの　循環と均衡こそが

この世の成りたちの
避けられざる原理ならば

おのれと他者もまた　相反するもの同士の
否み難い対立の苦しみを
いかに　宥《なだ》め　いかに　洗いすすぎ
いかに　止揚し　いかに　超克すべきか
ノンノは苦悩した
この地の群人《むらびと》として
一人《ひとり》ひとりは　犯し難く　自我を堅持しつつ
他者としての群人《むらびと》との共存によって絆を結び
おのれの幸福感を満たそうとする矛盾の存在
だが　極寒　豪雨　干魃《かんばつ》　飢餓に　耐え
この地で生きのびるには　連帯こそが絶対

朝ごとの　独りだけの　祖霊を祀《まつ》る場で
祈り　悶え　懊悩し
ついに　ノンノは　悟った

――人は　わけへだてなく
自己愛と自由欲と同等意識を求めるもの
それを　完全に認めあい　保障しあう
人倫の絆　この地に結ぶことが　最重要
そのためには
群《むら》の絆結ぶにあたっての　基範が　必要

さらに　その基範を維持するための
掟が　必要

そのうえ　さらに　掟を支えるための
タブーも　また　必要

しかし　それらのすべて
群《むら》の広場で　群人《むらびと》の談義の場で決すべし

民が主《あるじ》であることこそ
この母郷《ぼきょう》の平和の　絶対条件なればなり

すがすがしい風が
断崖の底の母郷《ぼきょう》に　吹きめぐった

喜々として台地に新しい住まいを築く群人《むらびと》の
共働作業の声が　谷に木霊《こだま》した

6　ユンの笛の音《ね》

人倫は
森羅万象を統《す》べる摂理と
それを啓示する大いなる祖霊の言葉が基《もとい》
洞窟を出て　地に住まいをしつらえる群人《むらびと》は
柱の木一本森からいただくのにも
ひざまづき　合掌して　木の霊を祀《まつ》り
許しを乞い　感謝し　石斧で木を伐《き》り倒した

言霊人《ことだまびと》ノンノの謙虚な示唆に誘《いざな》われての
みずみずしい慣わしが
群人《むらびと》の日常に
〝大自然といっしょ〟という黄金律を　奏で
人も木も虫も雨も共に支えあって生きる郷《さと》が
ゆっくりと　姿をあらわし
木の柱を結《ゆ》わえ　葦を屋根と壁に束《つか》ねた家が
精霊《しょうりょう》の社《やしろ》として　ノンノに授けられた
すでに　太陽の光と月のしずくで生きる
人間離れした存在として

神聖視されていたノンノは
孤独だった

木の香《か》と草いきれにつつまれ
入口から差しこむ月の光のささやきに惹《ひ》かれ
独り　琴を弾じて
おのれにささやくように　低く　うたった

――母よ

天空の縁《へり》を空《むな》しくめぐる　狼の涙から
はじめは　大白鳥の姿で生まれおち
天に捧げられた狼の心臓である太陽との
近親相姦から万物を産み

務《つと》め終えて　空たかく昇天し
いまは　月として暗夜に光明ともす

母よ

言霊《ことだま》の蘇る世の創生を托して
わたしを荒野《あれの》に放たれ
四柱の祖霊様とのよしみを通じて
この世に幸《さち》ひろげよ　と　こいねがう

母よ

大自然と人との仲をとりなす
言霊人《ことだまびと》の使命に殉ぜよ　と　宣《のたま》う

母よ
なにゆえ　その使命の葉うらに
孤独の苦しみと悲しみ　縫いつけ
緑の髪もつややかに
永久《とわ》の乙女の姿あでやかな　この身に
ずしりと重い　仕着《しぎ》せの衣《ころも》
まとわせたもうたのですか
暗闇が　月の光を　さえぎり
口　閉ざし　琴を奏でる手とめたノンノの耳に

澄んだ笛の音《ね》が
月の光にかわって　差しこんだ

守り手として　ノンノの社《やしろ》の傍《かたわら》に住むユンの
澄み切った笛の音《ね》だった

気をとりなおし　ユンの笛にあわせて
ノンノは　琴を　爪弾いた

束の間の
心弾《はず》む楽の音《ね》の一夜だった

〟ノンノの郷《さと》〟と名づけられた群《むら》は
言霊の幸《さきわ》う地だった

7　竪穴の家

広場の草の褥《しとね》に　円を描いて坐り
四柱の大いなる祖霊を祀《まつ》り　談じあった

その日の話題は
地面にしつらえられる住まいの可否だった

――洞窟にくらべ　極寒の冬は　背中が凍る
――地面を伝《つた》う蛇や蟻が　そのまま入りこむ

若い娘のラ―が
長い　つややかな黒髪をなびかせ　提言した

――昨夜《さくや》　夢をみました
地の大祖父《おおおじいちゃん》様が　仰せられました

〝なぜ　わしの内懐に　住まぬのか
夏涼しく　冬　暖かいぞよ〟
これは
なにを意味するのでしょうか

議論の末　白髪白髯の長老が　執《と》り成《な》した
――昔　風の便りに　土の家の話を聞いたが
さて　ノンノ様　いかが　思われますか

すっくと立ったノンノは
ユンに　焚火を乞い
琴を力づよく弾《だん》じて　うたい踊り
たちまち催眠状態に入って　半狂乱となり

地の祖霊の　重く鳴り響く太い声で
託宣《たくせん》を述べはじめた

――わしの体の　皮を裂き　肉を掘り下げ
竪穴の家　つくるがいい

わしの　永劫の体温　地熱となって
わしの末孫たちを暖めるであろう

失神して倒れたノンノをかこみ
群人《むらびと》は　祖霊とノンノに感謝を捧げ

――明日から　竪穴の家づくり
はじめましょう！

若者ユンの発議に　一同　深くうなずき
全員参加の協働作業がはじまり

川に鮭の大群がのぼる秋には
すべての家が　竪穴の住まいとなった

半地下式の　夏涼しく　冬暖い　知恵の家が
〝ノンノの郷《さと》〟に　円環を描いて　勢揃《せいぞろ》いした

祖霊の　言霊《ことだま》の愛の　賜《たまもの》だった

――地の大祖父様《おおおじいちゃん》への感謝のしるしに
巨木の柱を建て　お祭りしましょう！

だれからともなく　声が　あがって
広場での議論で　衆議一決し

広場の一隅にたてられた巨木の柱をかこみ
感謝の祭の火　赤々　天を焦がした

8　土器《かわらけ》創造

人が　手を藉《か》さなくとも
時《とき》　くれば

空みずから　大きなガラス甕《がめ》のように傾いて
光や雪融け水で　地上をうるおし

春の花が　競い咲く

この　季節の　豪奢な移ろいにこそ

宇宙を統《す》べる理《ことわり》
うつくしくも　顕《あらわ》

それに　従い
できるだけ　あるがまま　自然に生きる群《むら》を

椿事が　襲った

利発な黒真珠の瞳をキラキラさせて
黒髪の娘ラーが　若者ユンのもとに走った

——ユンよ　これ　なーに？

手に持つ　赤茶けた固い塊を差しだし
うわずった声で　興奮気味に　まくしたてた

川で漁《すなど》った山女《やまめ》を焼いた焚火で
台に使った粘土が　固く　凝《こご》った　と　いう

――それが　どうかしたのか？

いぶかるユンに
創意あふれるラ―の思いつきの矢が刺さった

――粘土を　壺の形に　こね　焚火で焼けば
水を汲み　木の実を蓄える器《うつわ》になるわ

今までの　草木の葉　削った木や石を器《うつわ》とした
あるがままの暮らしへの　ささやかな挑戦！

心臓がとびだすほど驚いたユンは
ラ―の手をひき　精霊《しょうりょう》の社《やしろ》へと　走った

言霊人《ことだまびと》ノンノの発議で　群人《むらびと》全員が集い
広場での談義が　白熱し
長老の穏やかな声が　低く　響いた
――このうえは　土と火の祖霊様のご託宣
ノンノ様にお伺《うかが》いしていただいては？
一同がうなずき　ユンが　火を焚き
交霊状態のノンノが　土の祖霊の声を　伝えた
――粘土は　わしの生身の肉
わしの体から引きちぎられ
火で焼かれる痛みは　はげしいが

そなたたちの　侘びと感謝の祈りがあらば
わしは　苦しみに耐え
そなたたちに　粘土の焼成　許すであろう
次いで　ノンノは　火の祖霊の声を取り次いだ
——土の祖霊の許しあらば
わしに　異存なし
聖なる焔《ほむら》への感謝　忘れるでないぞ
土器づくりが　はじまった

祖霊たちの意向にそい
あくまでも　大自然との共生の中での

抑制された人工の業《わざ》が　もたらされた

清らかな汲水《くみみず》を湛《たた》え
樫や櫟や栗の実を貯蔵する壺が　つくられ

祖霊を祀《まつ》る注器や　うたい踊るときの仮面
安産の祈願に用いる土偶が　創案され

さらに　幼くしてみまかった童《わらべ》たちの
亡骸《なきがら》を葬る棺《ひつぎ》用の甕《かめ》ともなり

ついに　焚火にかけて
鱒や鹿の肉を煮炊きする　調理用の壺が現れ

群人《むらびと》の暮らしは　一変した
祖霊の　いつくしみの言葉の　賜《たまもの》だった
——火の大祖母様《おおおばあちゃん》への感謝のしるしに
巨木の柱を建て　お祭りしましょう
——いや　この際
水の大祖母様《おおおばあちゃん》と　風の大祖父様《おおおじいちゃん》にも
巨木の柱を建て
春は風の　夏は地の　秋は水の
冬は火の　祖霊祭《まつり》　致しましょう

どこからともなく　発議が　萌え
広場での談義へと燃えひろがって全員賛同し
広場の一隅にそびえたつ四柱の巨木をかこみ
春夏秋冬の感謝祭の雄叫《おたけ》びが天に木霊《こだま》した
野焼きの壺に鹿の皮を張った手打《てうち》の太鼓が
祖霊たちの大いなる鼓動のように　高鳴った

9　群人《むらびと》詠唱

若者の群人《むらびと》が　うたった
――春の大風　わっさわさ
森のもじゃもじゃ髪《がみ》　かっちゃいで

あ
風の大祖父《おおじっちゃん》の　芽吹きの合図だ！
若い娘の群人《むらびと》が　うたった
——夏の　大雨の
どどどどっ　の　崖くずれ
あ
地の大祖父《おおじっちゃん》の　逃げろ！　の声かけだ
髪もじゃ男の群人《むらびと》が　うたった
——秋の　川筋の
じゃっぷん　どっぷん　の　大氾濫《だいはんらん》

あ
水の大祖母《おおばっちゃん》の　鮭《しゃけ》と筋子の　大土産《おおみやげ》！
美しい白髪《しらが》老女の群人《むらびと》が　うたった

——冬の　地吹雪　大極寒《おおしばれ》
ぴゅるら　みしっめし　辛《つら》いども

あ
火の大祖母《おおばっちゃん》の　竈《かまど》の焔《ほむら》　温《ぬく》いのお
幼子《おさなご》を抱いた母親の群人《むらびと》が　うたった

——自分だけ　と　いう　我欲の重石《おもし》
さらっと　捨て

少年の群人《むらびと》が　うたった
——祖父《じじちゃん》　祖母《ばばちゃん》　父《とうちゃん》　母《かあちゃん》　兄《にっちゃん》　姉《ねっちゃん》　弟　妹
少女の群人《むらびと》が　うたった
——友達　群人《むらびと》　木　花　鳥　蛇　蝶　共々
白髪《しらが》老人の群人《むらびと》が　うたった
——今は亡き先祖の方々　共々
地・水・火・風の大祖父《おおおじいちゃん》　大祖母《おおおばあちゃん》　共々
　大自然と手をつなぎ
ノンノが　うたった

——威張《えば》らず　争わず　差別せず
分ち合い　支え合い　助け合い

全員が　うたった

——大きな大きな家族
言霊《ことだま》豊かに　知恵深く

一人のこらず
幸せを求めていきましょう

10　掟十則

おのれを空しくして
言霊の泉にしたたる祖霊の声を聴くノンノに

新たな使命が　齎《もたら》された

――言霊《ことだま》は
地の果てまで　よみがえらせよ
言霊《ことだま》を軽んずる者の迷妄　永劫ならば
言霊人《ことだまびと》の務《つと》めも　また　永劫

ノンノよ
大いなる祖霊の示唆する
知恵の光
暗愚の世に　灯《とも》しつづけるのが
そなたの責務

ノンノは　決心した

――群人《むらびと》の幸《さきわ》う母郷となった
　この隠れ里を離れ

　地の果てまでも
言霊《ことだま》の郷《さと》づくりを祈り求めねば！

だが　言霊《ことだま》の郷《さと》とは？　母郷とは？

ノンノの旅立ちを知って
驚き集まった群人《むらびと》に　ノンノは　訊ねた

――母郷とは　何でしょうか？

全員参加の話し合いの結果を
司会役の若者ユンが　巧みにまとめた

母郷とは　次の十の掟を叶える群《むら》である

一　我欲を抑え　大自然と共に生きる
二　祖霊とも交信できる言霊を大切にする
三　いのちあるものの同志の信義を重んずる
四　自然の資源を大切にする
五　ちいさな生活共同体を暮しの基《もとい》とする
六　民を主《あるじ》とし　支配者を作らない
七　全員で全てを同等に分かち合う
八　掟を守って自由を享受する
九　人工的な物・技《わざ》より心と知恵を尊ぶ
十　争わず　戦わず　平和に生きる

万民の多幸感に満ち溢れた母郷づくりのための
掟十則は
群人《むらびと》一人ひとりの記憶の銘板に深く刻まれ
最後にノンノが口をひらいた

——今　群人《むらびと》全員の手でまとめられた
掟十則は
人として地上を生きるすべての同胞《はらから》の
永久《とわ》に共有すべき　秘宝

これを
遍《あまね》く　地の果てまでもお伝えするため
わたしは　旅立ちます

呆然と立ちすくむ群人《むらびと》をかきわけ
進みでたユンが　ひれ伏し　乞い願った
――心豊かな郷《さと》へと　われらを導かれた
言霊人《ことだまびと》ノンノ様

あなた様をお守りすると
生涯かけて誓った　この　わたしを
どうか　永久《とわ》の護衛役として
共にお連れください

突然　悲鳴をあげ　泣き伏したラーを
ノンノが　とりなし　力強く言った

――ラーは　霊力にすぐれた　美しい乙女
わたしの後を継ぎ　言霊女《ことだまめ》となってくださ い

今から　早速　言霊女《ことだまめ》の修行をはじめ
一段落した日をわたしの出発日と致します

群人《むらびと》が　口々に　ラーを誉めたたえ
涙ながらにラーがうなずき　出発が決まった

11　断崖超克

生とは

己のいのちの原理と　他者のそれとの
葛藤と和解の　奏でやまぬ遁走曲か

地の大祖父《おおおじいちゃん》が差しのべる　切り立った断崖に
挑むノンノの　血だらけの手を
ユンの武骨な手が　強く握って　引きあげ

鮭皮で作った靴の破れからはみだす
ノンノの　血に染まった足指を
ユンの唇と舌が

どんな薬湯にもまさる潤いで　癒し

水の大祖母《おおおばあちゃん》が仕掛ける湿原の罠を
手たずさえて無事に渡り切った二人は

やっと辿り着いた山麓の森で
枯木の仮小屋を二つ建て

火の大祖母《おおおばあちゃん》の焚火に額《ぬか》ずいて
その日の無事を感謝し　明日の平安を祈り
ユンは干魚を焼き　ノンノは　水だけを飲み
それぞれの臥所《ふしど》に　分かれて　眠った

暗闇の壁をへだてて眠る
うら若い言霊人《ことだまびと》と　血気盛りの若ものの夜に
巨鳥の不気味な嗄《しわが》れ声が
嘲笑《あざわら》いの　青じろい尾を佩《は》いた

12　風祖配意

水の大祖母《おおおばあちゃん》が
透きとおった指で　渚の糸を爪弾き
潮騒《しおざい》を奏でた

海辺の丘で貝塚を営む漁《いさ》り人《びと》の群《むら》は
ノンノとユンの歓迎の祭りで　賑った

広場には
地・水・火・風の祖霊の巨大柱が聳え

美々しく着飾った言霊女《ことだまめ》が
隠れ里《ざと》のユンと同じ仕草で異界と交信し

土器《かわらけ》から酒を注《つ》ぎ　土偶を祭り
土面姿で舞い踊り

竪穴住居が囲む広場では
掟十則をめぐる話し合いが熱を帯び

——隠れ里《ざと》での母郷が
すでに　この郷《さと》にも？

と　いぶかるノンノに　長老が　微笑《ほほえ》んだ

——隠れ里《ざと》の母郷づくりは　逐一
風の便りで　広く伝えられ

さりげなく
ほとんどの集落が受け入れております
ノンノが　反問した
——風の便りとは？
破顔一笑　長老の表情が
大輪の百合の花に　咲いた
——風の大祖父様《おおおじいちゃん》の　ありがたい仕業《しわざ》です
お蔭で今や津津浦浦　母郷の花盛りです
大自然との同居は　大変なことですが
人も　大自然の一部なれば

苦難に耐え
幸《さきわ》う暮しの創造を喜びとすべきなのです

さ　不老不死の乙女にして
すぐれた言霊人《ことだまびと》ノンノ様

われらの言霊《ことだま》の郷《さと》づくりにあずかって勲《いさおし》大きい
永久《とわ》の麗人ノンノ様

護衛役の若者ユン共共
われらの感謝の歓待をどうぞお受けください

その夜
用意された葦と笹の仮小屋で

ノンノは
琴を弾じ　ひれ伏した
――風の大祖父様《おおおじいちゃん》
おこころくばり
誠にありがとうございます

母郷よ
母の美《うま》し乳にやどる
大祖母《おおおばあちゃん》の　慈愛のしずくよ
母郷よ

13

母郷寿歌《ほぎうた》

父の汗の光に煌《きらめ》く
大祖父《おおおじいちゃん》の　戒《いまし》めの蜜よ

母郷よ
さわやかに　風は　めぐり
きよらかに　水は　流れ
かがやかに　陽は　燃え
すずやかに　月は　冴え

母郷よ

いのち　生い茂り
同胞《はらから》　栄え

豊けし大地
瀬々らぐ言霊《ことだま》
母なる群《むら》よ

14　新たなユン

鮫の歯や海豹《あざらし》の骨で身を飾り
苧《からむし》の繊維で編んだ編布《あんぎん》の衣をまとう
美意識に富む　お洒落な群人《むらびと》たちと過した
不死の乙女ノンノにとっての数十日を
数十年として生きた有限人《びと》ユンは
やがて　年老いて　永久《とわ》の眠りにつき

心こめた葬祭で　懇《ねんご》ろに弔《とむら》ったノンノの
深い悲しみの面持《おもも》ちに
長老が　ゆったり　言った

――この世は
海沿いの郷《さと》だけではありません
海に注ぐ無数の川のほとり
山際　森の外れにも　同胞《はらから》の群《むら》は栄え
我らと同じ広場で　同じように話し合い
掟十則を暮しの範《のり》としております
亡きユンの若かりし頃とそっくりの
同じ名前の若者を護衛役と致しますので

どうぞ　多くの群《むら》々めぐり
励ましの声をかけてくださいませ
別れの日は　来た

――海ぞいの地は
水の大祖母様《おおおばあちゃん》の　ご来臨の聖地です
人の住む群《むら》は　高台にしつらえ
百年千年毎に来訪なさる
巨大津波の姿した大祖母様《おおおばあちゃん》を
どうぞよろこび迎えてくださいませ

群人《むらびと》に　言い残して
ノンノと　新しいユンは　旅立った

15　黒船妖怪

暗黒の胎《はら》から
不義の子として生まれた光は
罪科《つみとが》の影につきまとわれ
逃がれる術《すべ》もなく　眩《まばゆ》く明滅し
遂には　闇の棺《ひつぎ》に　屠《ほふ》られる
この宿命《さだめ》　越える道　なきや

ぎゃあああ　と　嗄《しわが》れた魔鳥の声に襲われて
ノンノは　目覚めた

貝塚の郷《さと》を出て　川筋を遡上し
魚梁《やな》の群《むら》　環状列石《ストーンサークル》の群《むら》を経回《へめぐ》った末　今は
栗林の群《むら》の仮小屋にいたノンノは
火を焚き　風の大祖父《おおおじいちゃん》の便りを　伺《うかが》った

――わが　末孫の　愛《いと》しいノンノよ

かつて　そなたが滞在した　貝塚の群《むら》に
異変あり

わしの背に乗って　急行せよ

群《むら》毎に　代が変わり　今は　新しい護衛役の
栗林の群《むら》の若いユンと連れ立って
ノンノは
風の大祖父《おおおじいちゃん》の背に乗り
あっという間に
貝塚の群《むら》の広場に立ち
かたく拳を握りしめる群人《むらびと》を取り囲む
異形の男たちを　ノンノは　見た
黒づくめの衣…金属の鎧…握った青銅の鉾…
海鵜の頭部をあしらった黒兜…
あの　魔鳥となった弟そっくりの　武者たち

――おお　言霊人《ことだまびと》ノンノ様

昨日　突然　海鵜の形した巨大な黒船で
この群《むら》の海に現れた男たちは
言霊の籠《こも》らぬ空《から》言葉ぺらぺら弄し
危険な殺し道具を振りかざし

とりつく島も　ありません

訴える長老をなだめたノンノは
すかさず火を焚いて　火の大祖母《おおおばあちゃん》に語りかけ
火の大祖母《おおおばあちゃん》が　応じた

――言霊《ことだま》を軽《かろ》んじ
口先だけの空辞をあやつる彼らは
西方の超巨大大陸を睥睨《へいげい》する
魔の大妖怪の僕《しもべ》共じゃ
ノンノが　訊《たず》ねた
――魔の大妖怪とは？
火の大祖母《おおおばあちゃん》が　答えた
――今や西方世界を籠絡《ろうらく》する魔の大妖怪とは
言霊が因《よ》って立つ大自然の理《ことわり》に面《おもて》を背《そむ》け
祖霊の齎《もたら》す知恵の数々を嘲笑《あざわら》い

人の我欲の火をほしいままに煽《あお》っては
甘い毒蜜で人々をたぶらかし
遂《つい》には絶滅の崖へと人類を誘《さそ》いだす
恐ろしい化物《ばけもの》じゃ

ノンノは　さらに　訊《たず》ねた

——では
ここに居《い》る　僕《しもべ》共とは？

火の大いなる祖霊である大祖母《おおおばあちゃん》が　答えた

——わしのもたらした大噴火に追われて
はるか西の世界に逃げた海鵜の妖怪が

美辞麗句を弄《もてあそ》ぶ魔の大妖怪の
口当りのよい騙し言葉の罠にはまって
怪物の忠実な虜《とりこ》となり
暗黒の衣《ころも》に姿を隠《かく》す大妖怪の命ずるまま
暮《くら》し人《びと》たちの影を　お金で買いとっては
その影に　魔の大妖怪の息を吹きこみ
どんな邪《よこしま》な指示にも命がけで従う
奴隷同然の配下にしてしまったのじゃ

ああ　わたしの弟が！
唇を震わせ　ノンノが　訊《たず》ねた

——でも　海鵜の妖怪は　どのようにして
不死身の体を　養っているのですか？

火の大祖母《おおおばあちゃん》が　答えた

——暮《くら》し人《びと》から買いとった影の一部は
あの妖怪の　なによりのご馳走じゃ
他人の影を貪《むさぼ》ってはますます巨大化し
千年万年を生きぬいていく怪物じゃ

絶望のあまり頭《かぶり》を振ったノンノは
黒づくめの男たちに　むき直った

——して
あなたたちの　わたしたちへのご用向きとは？

別の僕《しもべ》が　貨幣を掌に盛って　進み出た
――オマエタチノ土器《カワラケ》ヤ干シ鮭ヲ
コノ貨幣ト引替エニ　売ッテ欲シイノダ
又　別の僕《しもべ》が　武器と農具を　見せつけた
――我ラノ持参シタ　銅ノ斧　鍬　刀ヲ
買ッテ欲シイノダ
さらに　別の僕《しもべ》が　進み出た
――コレカラモ　大陸ノ我ラト
交易シテ欲シイノダ

緊張の余り声も出ない長老や群人《むらびと》と
すばやく対応を打ち合せ
その結果を
気丈な大男の群人《むらびと》が　胸を張って　言った
――大自然の理《ことわり》に従って生きる我らには
武器なく　貨幣なく　王も僕《しもべ》もなく
あなたたちの三つの提案は
われらのすべての群《むら》の広場で
母郷育《はぐく》むための掟十則に照らし
全員で話し合わねばならぬ
太り肉《じし》の大陸人《びと》が　鉾を振りかざし　叫んだ

——今　直グ　コノ場デ　返答セヨ！

ノンノが　進み出
緑の瞳から放たれるエメラルドの焔《ほむら》で
魔の妖怪の僕《しもべ》を　鋭く射つらぬき
決然として　言った

——あなたたちの長《おさ》である　海鵜の妖怪は
実は　わたしの弟です
姉のわたしからの伝言として
〝しばし　待たれよ〟　と　伝えなさい

若く美しい乙女の毅然とした言葉に気圧《けお》され
沈黙した大陸勢を　長老が　宴《うたげ》の席に導き
群人《むらびと》総出の歓待の火祭りが
幕を開けた

口琴が奏でられ　土笛が吠え　石笛《いわぶえ》が叫び
わけへだてなくうたい踊った人びとは　やがて
木や石や土器《かわらけ》に盛られた山海珍味の前に坐り
縄目文《なわめもん》の壺や漆塗りの注器からの酒に　酔い
やがて　艶然と現れた
華麗に着飾った言霊女《ことだまめ》の麗姿に目を見張った

――稀人《まれびと》として　貝塚の群《むら》にお見えなされし
客人《まろうど》の皆様に　舞を捧げます

口上とともに舞いはじめた乙女の装いは
あでやかだった

赤麻《あかそ》の繊維を叩いて伸《の》し
紡錘車で紡いだ糸で編みあげた布地に
森羅万象の　渦巻いて流れる　その動態を
渦巻文様として大きくえがき
獣骨の針に細い糸を通して縫いあげた
熱帯的な原色の衣装をまとい

たかく三段に結《ゆ》いあげた黒髪には
鷹の骨を削った簪《かんざし》と赤漆塗りの櫛をさし
穴をあけた耳朶《みみたぶ》には
切れ込みを入れた玉《ぎょく》の玦状耳飾りをはめ
すべらかな首には
滑石　琥珀の玉　勾玉の首飾りが耀《かが》い
白肌もあらわな胸元には
玉や貝殻を束ねた垂れ飾りが妖しくゆれ
頬白鮫の純白の歯をつけた額飾りが
腰に巻かれた漆塗りの腰飾り帯に　映え

上腕《じょうわん》に嵌められた　紐を撚《よ》った二つの腕輪と
手首の　貝殻を輪切りにした三つの腕輪が
赤と黒の色調をつややかに際立てた

――猿梨《さるなし》の木《こ》の実酒《みざけ》を
どうぞ　ご賞味くださいませ

遠来の客人の手に　土器《かわらけ》の盃を配り
縄目文《なわめもん》の土器《かわらけ》の壺から酒を注《つ》いで回る艶姿《あですがた》

すべて　邪心もつ大陸人《びと》といえども
いつかは必ず大自然の理《ことわり》に目覚め
万民幸《さきわ》う我らの母郷と平和な絆結び得よう

との
切ないまでの　ノンノたちの悲願の現れだった

16　文字脅迫

だが
暗黒物質こそが　宇宙の塵の主成分であり
おのれの闇に怯《おび》え苦しむ塵と塵が激突して
発熱し　発火し　発光し
一瞬の光明を生みだすのだ　と　しても
人としてこの世にある限り
夜の微睡《まどろみ》へとかりそめに返済したこの光明

曙のめざめへと　とり戻し
永劫の真昼の輝きめざして
幻想の旅路　ひたすら　歩むべし
風の大祖父《おおおじいちゃん》の助けをかりた風の便りは
野越え　山越え　海越えて
津々浦々の言霊《ことだま》の郷《さと》に　伝えられ
大陸からもたらされた三つの提案への議論が
群《むら》の広場で白熱したが
青銅の刀や鍬や貨幣に心動いた若者の異論は
戦乱　自然破壊　人心腐敗を恐れる年長者の

粘り強い説得で収まり
すべての母郷での結論が自然にまとまった
——戦《いくさ》の禍《わざわい》を招く青銅器文明は受け入れない
——自然を改造する農耕文明は受け入れない
——我欲を煽る貨幣経済は受け入れない

こうして
不老不死の乙女ノンノにとっては束の間で
群人《むらびと》たちにとっては何世代もの年月《としつき》が
またたくまに　流れ去り

大河のほとりの梁《やな》の群《むら》にいたノンノのもとに
一通の書状が　届けられた
椋《むく》の大木を石の手斧《ちょうな》でくりぬいた丸木舟を
櫂で操ることに長《た》けた海辺の群人《むらびと》は
荒波をものともせず　ときには何百粁も航海し
島々はおろか　遠く大陸にまでも
土器《かわらけ》　美しい翡翠《ひすい》の宝石　黒曜石　讃岐岩《サヌカイト》
アスファルト　塩　毛皮　干鮭などを運び
すぐれた航海術を誇っていたが
その中の一艘の舟に　異様な黒船が近づき

書状を渡し　〝ノンノ様　ノンノ様〟と
身振り手振りで　渡すよう求めた　と　いう
書状を開いたノンノは
はじめて見る記号の羅列に　とまどった
三角　四角　円　それらを縦横に結ぶ短線
象形とも　表音とも　表意ともとれる符号群
言霊《ことだま》への挑戦！

——言霊《ことだま》を尊ぶものは　常に　肉声を尊ぶ
己の霊気の結晶こそが言霊《ことだま》なればなり
はげしい違和感を覚えたノンノは
文字を　拒絶し　否定した

とはいえ　多分　これが
大陸で大妖怪となった弟からのものとすれば
もう一万年以上も平和に栄える母源の群《むら》々の
安全の確保も　また　大事

苦難をかいくぐって幸《さきわ》う群《むら》群の
精神的な拠《よりどころ》としての己の立場を悟ったノンノは
礼を尽し　颪の大祖父《おおおじいちゃん》に　問いかけた

——颪の大祖父《おおおじいちゃん》様
どうか　お教えくださいませ

すぐれた航海術を誇る　海辺の群人《むらびと》の
丸木舟に近づいた大きな黒船から

手渡された　この　不吉な薄物が
何を意味するのか

困りぬいております

どうぞ
知恵をお貸しくださいませ

一天　俄《にわか》にかき曇り
巨大龍巻が　ぐおん　ごおん　湧きおこり

大いなる祖霊の声が
ノンノの耳元を　かすめ飛んだ

——愛《いと》しい　末孫のノンノよ
その薄物は　紙というものじゃ
ユーラシア大陸の東の外《はず》れで発明され
その上に筆で文字を書きしるすための物
——古今東西の世界をくまなく吹きめぐり
森羅万象を記憶し給う　風の祖霊様
どうか　お教えくださいませ
文字とは　何でしょうか

――言葉の意味や音《おん》を
点と線の複雑な組合せで形象化し
紙に書けば　符号となった言葉が
時空を越えて　伝えられていくのじゃ

――私たちの生《なま》の言葉は
言霊の泉から直《じか》に吹きこぼれ
聞き手の生《なま》の耳から魂へと直《じか》に伝えられ
お互いの想いや望みを共有できますが
文字という記号だけでは
みずみずしい言霊《ことだま》は伝わらないのでは？

――賢いノンノよ

そなたの言う通りじゃ
文字はユーラシア大陸の人びとが
農耕で大量の小麦を手に入れ
それを商品として売り買いしたとき
商品名と数を記録する記号から生まれ
やがて　都市が築かれ　国家が誕生し
王が暮《くら》し人《びと》を支配するようになり
絶大な権力を握った王は
武力と文字で民草を管理し

みるまに　ユーラシア大陸から
言霊の郷《さと》は　消滅していったのじゃ

悲しみのマグマが胸を突き破り
瞼を熱くうるませて　ノンノは言った

――偉大なる風の祖霊様
何卒《なにとぞ》　この紙にしるされた文字の意味を
非力な末孫のわたしにお教えくださいませ

風の大祖父《おおおおじいちゃん》が
早速　文書の文言《もんごん》を　読み聞かせた

――かつての姉で今は敵《かたき》同士のノンノよ

ユーラシア大陸極東のわれらの耳には
汝ら列島にしがみつく土民共が
すでにわれらの提案受け入れずとの噂
伝わっておる
だが
愚民をたぶらかすまやかし人《びと》ノンノよ
今や世界は変わりつつある
人類の多くは石器で狩する暮《くら》しを捨て
農耕と金属器と金銭経済の時代に入った
測量術や建築術が進み　都市が発達し
大帝国が生まれ　戦《いくさ》のための軍備が進み

世界は一つになりつつある
洪水や旱魃や飢餓は克服され
やがて人類が大自然を征服する日も近い
ノンノよ
この巨大な流れに棹さすはもはや不可能
いさぎよくわれらの提案を受け入れ
豊かな物質文明の恩恵を受けるべし
俺様は　今や
人類を蔭で操る暗黒魔王の懐刀《ふところがたな》

汝等が
言霊の郷《さと》という嘘偽りの幻想に惑わされ
これ以上われらの提案を拒むのは
われらの暗黒魔王への明らかな敵意の徴《しるし》
かくなる上は　重武装の軍勢率いて
俺様自ら出陣し　汝等を征伐する外《ほか》なし
覚悟せよ
祖霊信仰魔術で土民を懐柔するノンノよ
　かつては汝の弟海鵜で
今は暗黒魔王の一の子分なる俺様より

17 風翼巡航

栗の自然林の丈高い枝々で
花穂がみずみずしい垂れ飾りを揺らし
淡い黄《き》の花粒《はなつぶ》から
妖艶な薫《かおり》が　むせぶように吹きこぼれた
その甘い匂いに酔いもならず
言霊人《ことだまびと》ノンノは　懊悩した
——世界とは？　文明とは？　人とは？
思い余ったノンノは
風の祖霊に　礼を尽して懇願した

――尊い風の大祖父《おおおじいちゃん》様

弟の文書を読み聞かせいただき
誠にありがとうございます
でも　経験不足で知識浅いわたくしには
判り難いことばかりでございます
とりわけ不肖の弟のいう
〃豊かな物質文明の恩恵〃と
わたくし共の営む言霊《ことだま》の郷の暮しとは
どの様に関《かかわ》るのか

未だ勉強の足りぬわたくしには
とんと理解できないのでございます
どうか　古今東西の世を遍《あまね》く吹きめぐり
全ての事象を記憶する風の大祖父様《おおおじいちゃん》
お願いばかりで誠に恐縮でございますが
お力をお貸しくださいますよう

伏してお願い申しあげます

空をくつがえす大旋風が吹きおこり
地にひれ伏すノンノを巨大な渦に吸いこむや
大いなる風の祖霊の高笑いが
天末へとひびきわたった

――愛《いと》しい末孫のノンノよ
百聞は一見に如《し》かず
わしの記憶が蔵する超時空の壮大な宙へ

さあ　出発じゃ

びゅるるる　と　大気が口笛を吹き
みるまに　どどどどっと　激しく渦巻き
大鷲の背のようにやわらかい龍巻の中心に
ノンノは坐っていた

――ノンノよ
超時空を飛ぶわしの風翼巡航船は

想像力という無限エネルギーを焚いて
宇宙の果てまで自由に行《ゆ》き来《き》可能じゃが

乗り心地は　いかがじゃ

――はい
人間がどんなに知能をふり絞っても

この様なすばらしい乗物を作りだすのは
不可能か　と　存じます

――よくぞ言った　賢いノンノよ

想像力こそは
大自然が人間に授けた最高の能力

それを忘れ
全てを人力で作りだそうとするのは
おのれのもつ尊い能力を軽んずる
愚かな振舞

――では〝豊かな物質文明〟とは
人工物に魂を奪われた人々の錯誤ですか

――その通りじゃ
真の知にめざめていくノンノよ

さ　下界を見るがいい

今や　人類世界は
己の我欲と物欲を抑える知恵ある群《む》れと
己の我欲と物欲に狂う愚かな群《む》れとに
二分されてしまった
これから見ていくのは
愚かな群れが主流のユーラシア大陸じゃ
——ユーラシア大陸といえば
弟の海鵜妖怪が信奉する魔の大妖怪の？
——そうじゃ
元元《もともと》は知恵ある群れであった暮《くら》し人《びと》を
言霊《ことだま》ではない甘言で誘惑し

我欲と物欲に狂う群れへと転落させ
物質文明の虜《とりこ》にした魔の大妖怪の謀《はかりごと》が

どんな世を作りだしたか　を
じっくり　観察するのじゃ

風翼巡航船の眼下に波うつ海が果て
赤茶けた大陸をうねる泥蛇の河が現れた

——黄河じゃ

河面《かわも》を行《ゆ》き交《か》う帆船と手漕ぎ舟の大群
流域の陸路に群がる牛車と手押し車の雑沓

豪奢な宮殿に集《つど》う華麗に着飾った王族と将軍
庭の宴《うたげ》の卓上に運びこまれる山海の珍味

――でも　暮《くら》し人《びと》は　どこに？

ノンノは　聞いた
王宮の裏で警護兵に鞭打たれる下婢《はしため》の悲鳴

ノンノは　見た
都《みやこ》の市《いち》の道端に蹲《うずくま》る貧民　餓死する細民

そして　勝者と敗者の地獄絵図の蔭《かげ》で
ほくそ笑みせせら笑う　魔の大妖怪

悲しみの余《あま》り目を閉じたノンノを乗せて
風の祖霊の巡航船は　翼をひるがえし

いくつもの山脈を越え　濁水の大河が見えた
——大陸の西方を潤《うるお》すインダス川じゃ
空《むな》しく広がる砂漠に　ノンノは目を見張った
——本当にここに文明があったのですか
——かつては雪のように白い綿花が咲き乱れ
城塞都市の倉は高価な商品で溢れたが
富を奪いあう都市間の戦《いくさ》が激しさを増し
洪水の齎《もたら》す塩害で農耕地が砂漠化し

栄華を誇った都人《みやこびと》も一人残らず姿を消し
不毛の荒地だけが残ったのじゃ

瞳をこらしたノンノは
砂丘の蔭にうち伏す暮《くら》し人《びと》の影を発見して
独り　呟《つぶや》いた

——あの人たちも
魔の大妖怪の仕掛けた文明の罠に嵌《はま》って
言霊《ことだま》の郷《さと》を失い
永劫にさまよう難民なんだわ

風の大祖父《おおおおじいちゃん》の船が大きくゆらぎ
眼下に二筋の大河がうねり光った

――チグリス川とユーフラテス川が
両の乳房としてはぐくむメソポタミアじゃ

多収量品質の麦に恵まれ
巨大都市国家が繁栄を謳歌し

暦　占星術　楔形文字　金属鍛錬　貨幣
ビール醸造　王制　法典

知能の限りを尽し　栄華を極めたが
言霊《ことだま》の泉枯れ　知恵の恵み乏しく
森を根こそぎ伐採し　農地は砂漠化し
資源を奪いあう戦争が多発し

巨大帝国もうたかたの夢と消えたのじゃ

魔の大妖怪に操られる王によって
軍兵《ぐんぴょう》へと駆りたてられた暮《くら》し人《びと》の夥《おびただ》しい骸《むくろ》が
砂漠の砂嵐に呑みこまれるのを見たノンノは
涙ながらに　独《ひと》り言《ごと》した

――これが豊かな物質文明の末路としたら
暮《くら》し人《びと》は野垂《のた》れ死《じ》にするしかないのだわ

そのまにも　下界の風景が入れかわり
何万もの暮《くら》し人《びと》が砂漠に石を積む姿が現れた

――風の大祖父様《おおおじいちゃん》

蟻のように働くあの人びとは
何をしているのですか

――ここは　ナイル河の辺《ほとり》のエジプトじゃ
早くから農耕と牧畜がはじまり
鉄器生産と交易で栄えたこの大国は
王の絶大な権力のもと
幾何学や天文学も発達し
砂漠に巨大建造物ピラミッド建設のため
奴隷を鞭打って工事中なのじゃ

――ピラミッドとは？

——王の墓じゃ
砂漠に視線を泳がせたノンノが　叫んだ
——あ　ピラミッドの傍の
顔は人面で体はライオンの　あの像は？
——スフィンクスじゃ
王宮や墓の入口を守る　王の象徴じゃ
深く嘆息して　ノンノは　押し黙った
都市と国家と王中心のユーラシア文明世界で
暮《くら》し人《びと》は　奴隷か骸《むくろ》になるしかないのか
思い余ってノンノは　訊ねた

――ユーラシア文明世界の矛盾を指摘する
言霊《ことだま》を尊ぶ人はいなかったのですか

――余りにはげしく栄枯盛衰をくり返す世に
警告を発したのは　詩人と哲学者じゃ

さ　下界をご覧
ここは地中海沿《ぞ》いのギリシアの一角
ヘリコン山麓のアスクラ村で
村人に叙事詩を朗唱するヘシオドスは
鉄器中心のユーラシア文明を鋭く告発し
次の風景は　都市国家アテナイ

フィロパポスの丘の洞《ほら》で毒杯を掲《かか》げる
真の哲学者で言霊人《ことだまびと》のソクラテス
文字を拒絶し
街角で出会う人々と直接肉声で対話し
おのれの内なる良心の声…つまり言霊《ことだま》に従い
おのれの無知を知れと説いてまわり
魔の大妖怪に唆《そそのか》された市民群によって
死刑を宣告されたが　一歩もたじろがす
逃げようとすれば直ぐ逃げられる洞《ほら》で
毒杯をあおり　殉死したのじゃ

ノンノは　感動した

――ヘシオドスやソクラテスを鑑《かがみ》として
わたしも　極東の一隅で精進しなければ

ふと　出発時の祖霊の言葉を想いおこして
ノンノは　訊ねた

――風の大祖父様《おおおおじいちゃん》は

人類世界は
我欲物欲を抑えることに成功した群れと
我欲物欲に狂う群れとに
大きく二分された　と　仰しゃいました

そして　後者の道を辿りつつあるのが
ユーラシア文明なのだと明示されました
では　前者の道を辿りつつあるのは
どこの文明ですか
大いなる風の祖霊の声が　宙に木魂《こだま》した
――そなたたちが　今
極東のささやかな列島に築きつつある
言霊《ことだま》の郷《さと》こそが　それじゃ
後世　必ずや
我欲物欲に狂うユーラシア文明は自滅し

後《のち》の世の人々が〃縄文文明〃と名づける
そなたたちの　暮《くら》し人《びと》の幸《さきわ》う群《むら》こそが
人類の新たな文明の指標となるであろう

ノンノが　悲痛な声を　あげた

――でも　その縄文文明は　今
ユーラシア文明に呑みこまれ
亡ぼされようとしております

大旋風の渦が　ノンノを打ちのめし
思わず目を閉じたノンノの耳に
――試煉を耐えぬくものは　生き残る！

と　大音声《だいおんじょう》の諭《さと》しを残して
大いなる風の祖霊の龍巻は　消え
パッと開けたノンノの目に
貝塚の群《むら》の渚と　馳せ寄る群人《むらびと》が飛び込んだ

18　人類宝典

宇宙とは
はじまりが終りで　終りがはじまり　の
たがいの尾を噛み合って永環の環をまわす
二匹が一匹で　一匹が二匹の　反語の蛇か

ならば
一万年以上も続いている縄文文明の光を
飽食に喘ぐ貪欲なユーラシア文明が
呑み込もうとするのも　また　一つの必然か
だが　それも
世界を蔭で操る魔の大妖怪の罠　と　すれば
その闇に抗《あらが》い　それを克服するのも　また
言霊《ことだま》を光として生きるわれらの使命ではないか
薄《うす》薔薇いろの顔《かんばせ》に　決断の唇をきゅっと噛み
不死の乙女ノンノは　言霊人《ことだまびと》の頭《こうべ》を高くあげ
貝塚の群《むら》の新しい長《おさ》に　決意を伝えた

——わたしは　旅立ちます
この列島のすべての言霊群《むら》をめぐり
ユーラシア大陸からの魔の大妖怪勢に
どう立ち向かうべきか　話し合います

貝塚の群《むら》の新しい若者ユンが
すかさず　逞しい体で拝礼した
——われらの母郷を死守しようとするノンノ様
どうか　わたしを従者としてお連れください

貝塚の群《むら》の新しい言霊女《ことだまめ》ラーが
美しく着飾った礼装で　額《ぬか》ずいた

――わたしは　この群《むら》に居残り
祖霊様の声　群人《むらびと》に取り次いで参ります
群人《むらびと》に送られて出立したノンノとユンの
言霊の郷《さと》めぐりがはじまり　ノンノは
風の大祖父《おおおじいちゃん》の風翼巡航で見聞した大陸文明の
豊かな物質と技術の蔭に潜む悲惨を伝えた
――ユーラシア文明は　毒蜜です
表は甘い蜜ですが裏は苦《にが》い毒の文明です
稔り豊かな小麦を育《はぐく》む農地は砂漠を生み
美味《おいし》いパンになる小麦は　富を作り出し

富は　富者と貧者を分け　都市を築かせ
金属器で武装し富を奪い合う戦《いくさ》を起《お》こさせ
戦争は　国家を作りだして王を祭り上げ
暮《く》らし人《びと》を奴隷や軍兵《ぐんぴょう》へと転落させ
刃《やいば》は刃《やいば》を呼び　流血は流血を招き
栄える者久しからず
我欲と物欲を抑えられず
弱肉強食の悲しみに喘ぐのが
ユーラシア文明の実態です
そのユーラシア大陸から
私たちの群々《むらむら》めがけ

毒と蜜の文明をもつ人びとが　今
押しかけて来ようとしているのです

説くノンノに
川真珠の首飾りをかけた娘が　微笑んだ
――ご心配いりません　言霊人《ことだまびと》ノンノ様
どんな鉾や刀に身をかためた人びとが
わたしたちの群《むら》にやって来ても
わたしたちは　恐れません
決して争わず
言霊《ことだま》の誠をつくして話し合い

強者が弱者を支配する文明より
わたしたちの支え合い助け合いの文明の方が

ずっとすぐれていることを説明すれば
必ず　判っていただけると思います

いつも炉端で火の大祖母《おおおばあちゃん》を祭る老人が
清流の瀬々らぎのような声で　言った

——大自然の摂理をふまえた掟十則で
武器もつことを自らに永久《とわ》に禁じたわれら

その誓いを守りぬくのが使命じゃ

狩りとった鹿を丁重に祭った髯《ひげ》もじゃの男が
永久《とわ》に若く美しいノンノを眩し気に見あげた

――我らの最大の武器は　言霊《ことだま》

ノンノ様を介して祖霊様が我らに授けた
金属の鉾や刀よりも強力な　魂の武器
言霊《ことだま》ある限り　どんな試煉が襲おうとも
我らは　必らず　立ち直ります

遂に　石柱の日時計で季節の歩《あゆ》みを測り知る
ストーンサークル群《むら》の長老が
両の手をひろげて　ノンノを拝礼し
言った

——言霊人《ことだまびと》ノンノ様の啓示のお蔭で
我らの暮しは　大自然の知恵を授けられ

安らかなものとなりました

巨大地震が地の大祖父《おおおじいちゃん》の身震いならば
地震多発地は聖地とし　人は住まず
巨大津波が水の大祖母《おおおばあちゃん》のご来訪ならば
渚は聖地とし　人は高台に住み
巨大噴火が火の大祖母《おおおばあちゃん》の憂《う》さ晴《ば》らしなら
火山を聖地とし　人は山裾に住まず

巨大龍巻が風の大祖父《おおおじいちゃん》の祝祭なら
積乱雲を聖域とし　人は近づかず

われら　民を主《あるじ》とする言霊《ことだま》の郷《さと》で
我欲をしっかり抑え　共同体の絆を強め

暮《くら》し人《びと》の幸福度をさらに高めるべく
縄文文明をしっかりはぐくみます

どの群《むら》の　一人として
狩の弓矢を武器として戦おう　と口走らず

最後迄　言霊の泉から吹きこぼれる言葉で
話し合おう　と　群人《むらびと》たちが心を決め

それを確かめたノンノは　つぶやいた

――ユーラシア大陸の人びととも
いつか　きっと　言霊の絆を結び得よう
どんな事態を迎えようと
言霊《ことだま》の結晶としてのわれらの掟十則は
いずれは　全人類の宝典となって
地球上に幸《さきわ》う郷《さと》の実現に寄与しよう

19　ノンノ受難

里山の緑が　すがすがしく波打った
不老不死の乙女ノンノにとっての一時《いっとき》の間《ま》を
数十年の年月として閲《けみ》した貝塚の群《むら》のユンが

白髪の老爺となって他界し
悲しみの小石を添えて葬ったノンノは
不意の胸騒ぎに襲われ
独り　海辺の群《むら》に取って返し

あっ　と　声をあげた

沖を埋めて
海鵜の形した黒船が帆柱を林立させ
陸《おか》では
かつては個性的な衣装美を誇った群人《むらびと》が

今は　画一的な貫頭衣を身にまとい
大陸型の鋤や鍬を手に泥塗《まみ》れで田畑を耕やす
木《こ》の間《ま》から覗き見したノンノは
武器を手にした夥しい大陸人《びと》が
群人《むらびと》を酷使する光景に　暗涙をのんだ

――ああ　あの　支配せずされずの
誇り高い群人《むらびと》が！

その夜　森に潜《ひそ》むノンノを探し当てて来た
かつての海辺の群《むら》の新しい若者ユンが
髯面《ひげづら》を涙で濡らし　訴えた

——突如　大勢の大陸人《びと》が上陸し
武力でわれらを威嚇《いかく》し
従わぬ者たちの首を刎《は》ね
群《むら》を占領し　群人《むらびと》を奴隷として
森の木々を切り倒し　草原を耕して覆《くつがえ》し
われらの掟十則を踏みにじって
農耕をはじめ　金属器を鋳造し
祖霊様を祭る大木は切り倒され
人々は　海や川の岸に住むよう強いられ
言霊《ことだま》秘める人間同志の話し合いを　と
懸命に説得する我らの願いも聞かばこそ

すかさず　問答無用の剣《つるぎ》を抜き放ち
一刀両断　いのちを奪い
一万年以上続いたわれらの言霊《ことだま》の群《むら》も
一つまた一つ　姿を消しつつあるのです

――農耕も　金属器も
祖霊様に丁重にお願いして許しを乞い
大自然の摂理に背かず
暮し人《びと》の幸いのためだけに用いる術《すべ》を
こころして究めればいいものを

魔の大妖怪の甘いささやきに誑《たぶら》かされ
己の我欲のためだけに用いるものは
必ずや
大自然の厳しい裁きを受けるであろう

言い終えたノンノが　若者を送って
森の外《はず》れに差しかかったとき
突如
剣《つるぎ》の白刃《はくじん》が　闇にひらめき
背を斬られて
ノンノは　倒れ

咄嗟《とっさ》にノンノを庇《かば》って身を伏せた若者の首を
剣《つるぎ》の一閃が刎《は》ね

三の剣《つるぎ》が
ノンノの首をも刎ねようとした一瞬

激しい大旋風が
若者の胴と首そしてノンノを空に巻き上げ

血まみれの剣《つるぎ》を手に呆然と立ちすくむ
弟の妖怪海鵜とその手勢を尻目に

風の大祖父《おおおじいちゃん》の大龍巻は
若者の骸《むくろ》とノンノを北の隠れ里へ連れ去った

20　母郷崩壊

とりよろう断崖のへりから
月の光が散りこぼれた
吾子《あこ》の受難を悲しむ
涙のしずくだった

風の祖霊が　絶壁に囲まれた群《むら》の草叢《くさむら》に
ユンの骸《むくろ》とノンノをそっと下ろして吹き過ぎ
祖霊を祀《まつ》る四柱の巨木の前に集まった群人《むらびと》は
死者を弔い　瀕死のノンノの治癒を祈り

草生す《くさむ》精霊《しょうりょう》の社《やしろ》の　枯草の褥《しとね》に
ノンノを横たえた

止血薬として干し蓄えた弟切草《おとぎりそう》の茎葉を煎じ
背の深傷《ふかで》に塗りつけ

痛み止めとして常用する蕺草《どくだみ》の
すりつぶした茎葉で　傷口をおおい

今の群《むら》の言霊女《ことだまめ》を務《つと》める新しい乙女ラ―が
傷口から魔の大妖怪の毒気が入りこまぬよう

生馬《いけま》の根を噛みしだいた毒汁を吐きかけ
不寝《ねず》の看病をつづけた

こうしてその後何代もの言霊女《ことだまめ》が入れかわり
何世代もの群人《むらびと》が生死を循環させる時の間《はざま》で
水底《みなぞこ》の川真珠のように眠りつづけるノンノの
傷も　いつしか　癒え

ぱちりと緑玉《エメラルド》の目を見開いたのは
百年千年後の　鶯囀《さえず》る春の朝まだきだった
言霊女《ことだまめ》の知らせを受けた群《むら》の長老が
白髪を風に靡《なび》かせて駈けつけ
永久《とわ》に若く美しいノンノを丁重に拝礼し
快癒を祝福した後にわかに涙して言った

——この列島に一万年以上も栄えた
言霊《ことだま》の郷《さと》は　滅ぼされました

今は　断崖絶壁に守られたこの隠《かく》れ里《ざと》が
辛うじて残りましたが

他の群群《むらむら》は　魔の大妖怪勢に占領され
群人《むらびと》は農耕民か兵士の道を強制され

収穫物と農地をめぐる権力争いで
戦火は大地を焼き　骸《むくろ》の腐臭は天に満ち

暮《くら》し人《びと》の幸《さきわ》う郷《さと》は
この列島から姿を消してしまいました

今は
祖霊様の声を聞きとる慣わし　殆《ほとん》ど失《う》せ
大自然の摂理に逆らう権力者の声のみが
人々を威丈高に威嚇し

世は
我欲と物欲に狂う亡者の巷《ちまた》に堕《だ》し
悲しみの歌が天地をおおっています

余りの衝撃に　われにもあらず　すっくと立ち
両手を天にのべ　ノンノは　絶唱した

――野の露よ　泣け
咲く花よ　悲しめ

焚火のぬくもりを分かち合った
はらからよ
今　いずこ
吹雪の夜を力づけ合った
ともがらよ
今　いずこ
幼子《おさなご》も老人《おいびと》も　仲睦まじく暮らした
言霊《ことだま》の郷《さと》よ
今　いずこ

みるまに　傷の痛みがぶり返して
ノンノは失神し　又もや昏睡の淵に沈んだ

第三楽章　亡びの門

1

火燧《ひぞり》巡走

森羅万象とは
永劫循環する無と有の逆転相であり
宇宙も　人間世界も　わたしも
生であって死であり　死であって生であり
肉が霊となり　霊が肉となり
美徳も邪悪も常に可交換な現象として発現し
希望も絶望も
ひらひら捻《ねじ》れはためく一枚の帯の表裏《おもてうら》ならば

ノンノが再び沈んでいった
無意識の深淵も

海薔薇の花であって花ではなく
不死の人であって人ではないノンノの

眠りとしての覚醒であり
覚醒としての眠りであり

もともと海薔薇の木から生まれたノンノの
樹木ならではの蘇生の床《とこ》であったのか

深い昏睡の揺籃《ゆりかご》に横たわるノンノの耳に
火の大祖母《おおおばあちゃん》が　やさしく　語りかけた

――わが愛《いと》しの末孫　ノンノよ

そなたが隠れ里で癒しの眠りに入って
早《はや》　三千年

弟の刃《やいば》を浴びた背の　皮と肉と骨に
全治の日も近づいたそなたに

ぜひ　見せたいものが　あるのじゃ

夢現《ゆめうつつ》のノンノがうなずくのをまって
大いなる火の祖霊が　言葉をつづけた

――今臥している枯草の褥《しとね》を　焔《ほむら》の橇とし
そのままの姿で　世界一周へと出発じゃ

火の大祖母《おおおおばあちゃん》の霊力が清冽に燃えさかって
超時空の橇は　めれめれと　飛びあがり
最早《もはや》言霊《ことだま》の郷《さと》ではなくなった列島の三千年を
すばやく通りぬけた

刃《やいば》を振り翳《かざ》す王…大判小判をなめずる豪商…
信徒から財貨を騙しとる僧…華美を競う貴族
大いなる地の祖霊の宿る大地は
支配者の我欲の牙に噛み砕かれる領地となり
領地を奪い合う軍勢の雄叫《おたけ》び天地を揺《ゆ》るがし
降りしきる血の雨…草葉に朽ちゆく骸《むくろ》の数々

戦乱の業火に追われてあてどなく逃げ惑う
極貧の暮《くら》し人《びと》の群れ…

思わず　涙したノンノは　独り　嘆いた

――最早　この列島　完全に
ユーラシア大陸系の鉄の文明に占領され

かつての　祖霊を敬《うやま》う言霊《ことだま》の郷《さと》は
跡形《あとかた》もなく消え失せ

今は　祖霊の存在を否定する権力者の
思うがままの恣意の掟に服従する人びとが

祖霊の聖地である筈の
渚や地震頻発地や火山麓に群がり住み

巨大地震　巨大津波　巨大噴火の度毎《たびごと》に
あたら尊いいのちを失う悲劇をくり返し
昔は　群人《むらびと》挙《こぞ》って　願い　実現した
暮《くら》し人《びと》一人ひとりの高い幸福度も夢と消え

ああ

なんという　知恵乏しい郷《さと》に
この列島は　転落してしまったのか

涙に暮れるノンノを　火の大祖母《おおおばあちゃん》が　諭《さと》した
——言霊《ことだま》蘇生の使命担《にな》って生まれたノンノよ

言霊人《ことだまびと》とは
大いなる試煉に打《う》ち克《か》つ者なり

此度《こたび》の試煉は

我欲と暴力の是認によって肥大化した
ユーラシア系文明の

知と技《わざ》の優れた成果をも
冷静に　しっかと認識し

この列島に一万年以上栄えた縄文文明の
親自然的な生き方を

ともすれば人類絶滅へと向かい勝ちな
ユーラシア系文明の

短所を矯《た》め　長所を伸ばすための
最も効き目に富む妙薬とする

好機じゃ

言霊人《ことだまびと》とは
試煉を踏台として新世界へと登る者なり

いざ

海薔薇の花から生まれた
不死の美しい乙女　ノンノよ

まずは

殺戮《さつりく》の二〇世紀に至る迄の
ここ数百年の世界の実相へと

一っ飛びじゃ

その間にも　焔《ほむら》の橇は　彗星の尾をひいて
ユーラシア大陸を一気に飛びぬけ
ヨーロッパ大陸をあっという間に通り過ぎ
ドーバー海峡を越え　小さな村の上で停《と》まった
――石造りの家々が　とっても綺麗《きれい》だわ
大祖母様《おおおばあちゃん》　ここは　一体　どこですか
――一八世紀のイギリスじゃ
さ　耳を澄まして　聴くがいい

蔓薔薇《つる》の花が咲き乱れる窓辺から
手弱女《たおやめ》の清らかに澄んだ声が　立ち昇った
――母《かあ》さんから教《おそ》わった
懐かしい紡ぎ唄
口遊《くちずさ》み

しらじらと耀《かがよ》う繭《まゆ》から
絹糸のすべらかな光を紡ぐ

よろこびの窓辺よ

木造りの古びた糸繰車をさらさらまわす
伝統衣装姿の娘の紡ぎ唄だった

——大都市の喧騒の陰で
暮《くら》し人《びと》たちが密《ひそ》かに育《はぐく》んだ母郷の香《かおり》じゃ
火の大祖母《おおおばあちゃん》が　ほっと　安堵の声をあげたとき
俄に　暗雲の影が忍びよって
不気味なせせら笑いの声がひびきわたり
一瞬　村は　魔の大妖怪の暗黒の翼に覆われ
——いよいよ　暮《くら》し人《びと》の手に頼る文明から
鉄の機械中心の文明へと　大転換じゃ
大量生産…大量消費…巨大な儲け
ウワッハッハッハッハッハ

捨て台詞《ぜりふ》を残して
禿鷹の形をした魔の大妖怪の翼は　飛び去り
再び陽の差した下界からは
紡ぎ女《め》の村と着飾った暮《くら》し人《びと》が姿を消し
鉄とコンクリートの巨大な工場が
獄舎のように立ち並び
その中では　一気に布地を量産する機械機《ばた》が
艶《つや》やかな金属の肌をふるわせ
金属と金属の打ち合う轟音だけが
怪物の吠え声となって虚空に木魂《こだま》するばかり

――人力《じんりき》から　機械への　大転換
魔の大妖怪の甘い誘《いざな》いに乗った
産業革命のはじまりじゃ
火の大祖母《おおおばあちゃん》の声に　ノンノは　緊張した
――産業革命の波　いずれ
われらの列島にも押しよせるのでしょうか
ノンノの言葉を引きちぎって
一発の銃声が　東の空をつんざいた
突撃する歩兵たち…それを踏みにじる戦車
逃げる兵士の大群を薙ぎ倒す機関銃

塹壕に突っ伏す兵士を空から襲う爆撃機
市民も巻き添えに無差別大量殺戮する毒ガス

――第一次世界大戦じゃ

これらの新兵器は　すべて
魔の大妖怪の甘い囁きに乗った科学人《びと》が
技術人《びと》と図《はか》って作りだした
恐ろしい殺戮道具じゃ

そして　ノンノよ

人類を絶滅の崖へ誘導しようとする
魔の大妖怪が

ついに　知能あれど知恵なき科学人《びと》の耳に
ささやきはじめた　恐るべき謀《はかりごと》を
決して見逃してはならぬぞよ

——火の大祖母様《おおおばあちゃん》
その謀《はかりごと》とは何か
お教えくださいませ

——核エネルギー—という名の
究極の破壊力じゃ
魔の大妖怪が巧みに仕掛けた
好奇心と功名心の罠に嵌った科学人《びと》が

とうとう　禁断の匣《はこ》の蓋《ふた》に
手をかけてしまったのじゃ

――禁断の匣《はこ》？

――そうじゃ

一粒の砂も　その深奥は
人知の遠く及ばない　禁断の匣《はこ》
その内部には
万物の根源が秘め火となって燃えている
軽率な手で蓋《ふた》をとれば
秘め火は　突如　巨大な力に変身し

人類を滅亡させるであろう
――最早　人間が制御できない
究極の破壊力が　それなのですか？
――そうじゃ
――して　その名は？
――原子力
――して　科学人《びと》と技術人《びと》が蓋《ふた》を開《あ》ける日は
――もうすぐじゃ
ノンノは　愕然とした

大自然の摂理を認めず
摂理を取り次ぐ祖霊たちの存在を否定し
祖霊たちの声を伝える言霊《ことだま》を軽んじ
大自然征服に走るユーラシア文明人《びと》の一部が
今　その最終段階として
原子力を手に入れようとしている！
だが　暗澹とするノンノをのせた火の橇は
ヨーロッパ大陸から再びあがった戦火に
激しく　ゆらいだ
――またも　戦争なのですか

呆れ果てるノンノを　火の大祖母《おおおばあちゃん》が　諌めた
――はじめから戦《いくさ》の喚声で出発した
ユーラシア系文明じゃ
産業革命が作り出した大量の武器の
消費の場を作り出すためにも起ったのが
この　第二次世界大戦じゃ
火の橇が　急旋回して
戦火になめずられる極東へと一気に飛び
火の大祖母《おおおばあちゃん》の声が　震えた

――見よ　ノンノ
　これが
ユーラシア文明の究極の姿じゃ

かつては　一万年以上も平和な母郷が栄え
今は　魔の大妖怪の僕《しもべ》となった列島の上空で

ノンノは　見た

ヒロシマの街を一瞬で破壊する巨大な閃光
ナガサキの街の人々を蒸発させる厖大な熱線
幼女の皮膚が溶け　母の肉が垂れさがり
地獄の底で息絶える　数十万人もの市民たち

――原爆じゃ

遂にユーラシア系文明人《びと》は
禁断の匣《はこ》を開け
超無差別大量殺戮兵器を作りだし
人類絶滅の道に踏み込んだのじゃ
余りの惨状に目を覆うノンノに
火の大祖母《おおおばあちゃん》が　厳しく　言った
――目を大きく開け　しっかり見よ
ノンノ

第二次世界大戦がもたらしたものとは何か？

戦闘員千六百万人の骸《むくろ》
暮し人三千四百万人の骸《むくろ》

魔の大妖怪の僕《しもべ》となった
科学人《びと》　技術人《わざびと》　政治人《まつりごとびと》　財人《たからびと》　軍人《つるぎびと》が
知能の限りをつくして密造した
原爆という名の　いつわりの太陽

——ああ　絶望的だわ！

目に一杯涙をため　絶叫するノンノに
火の大祖母《おおおおばあちゃん》が　さらに厳しく　言った

——だが　見逃すなかれ　ノンノ

大戦に焼けただれた地上に　今　芽吹いた
三本の　希望の木の芽を

一本目は
国連という名の　巨木の芽

二本目は
欧州連合という名の　大木の芽

三本目は
ニホン国憲法という名の　名木の芽

これらの木の芽は　いずれも
かつてこの列島で栄えた言霊《ことだま》の郷《さと》の
尊い掟と同じ哲学に根ざしているのじゃ

いざ　言霊人《ことだまびと》ノンノよ
魔の大妖怪の手勢から受けた傷も
程なく癒えた暁には
絶望をのり越え　希望の光求めて
言霊人《ことだまびと》の使命に復帰し
地上に遍《あまね》く　光明の火灯《とも》してまわれよ
わが末孫の　愛《いと》しいノンノ
世界中のささやかな群《むら》が　等《ひとし》く
新しい母郷としてよみがえる日こそ

原郷創造がなし遂げられる日
それをめざして　ノンノよ
怠らず　励むべし

突如　火の大祖母《おおおばあちゃん》の声をかき消して
巨大な落雷にもまごう轟音が　襲いかかった
魔の大妖怪の空《から》笑いだった

——ウワッハッハッハッハ
はかない光明の灯《ひ》を信じてうごめく
愚かな虫どもよ

三本の希望の木なんぞを幻想する
哀れな誇大妄想家どもよ
だが　全宇宙を制覇した我らの
巨大な暗黒の力に逆《さから》う痴《し》れ者《もの》の末路
いずれ　ゆっくり　見せてやろうぞ
ウワッハッハッハッハッハ

2　絶滅開門

藪鶯《やぶうぐいす》が
玉《ぎょく》の美声で　谷を紡ぎ　春を織りあげた
全快したノンノは　さわやかに　めざめた

すっくと身を起して　枯草の褥《しとね》を離れ
赤漆塗りの櫛で　緑の髪をあでやかに梳《す》いた
翡翠《ひすい》の大珠《たいじゅ》がゆれる垂れ飾りを
両の乳房の間《はざま》にととのえ

父なる太陽の光が降り注ぐ戸外に　歩《あゆ》みでた

不死の乙女ノンノにとっての数箇月を
群人《むらびと》にとっての三千年として閲《けみ》し

ノンノの看取《みと》りを代々受け継いだ言霊女《ことだまめ》が
逸速《いちはや》くノンノを拝礼し　広場へと導いた

――全快　おめでとうございます
言霊人《ことだまびと》ノンノ様

群人《むらびと》たちのよろこびの声は
大焚火を囲む祝祭へとつづき
琴かき鳴し　緑の髪ふり乱し
唄い　踊るノンノは　たちまち入神し
大いなる水の祖霊のお告げを
たからかに　群人《むらびと》に　取り次いだ

——心して聴くがいい　ノンノよ　群人《むらびと》よ
　　人類は　すでに
　亡びの門の扉　大きく開《ひら》きたり

全地球　くまなく
水も大気も大地も化学物質で汚染され
全人類　一人のこらず
こころも体も蝕《むしば》まれ
全生命　漏れなく
絶滅の危機に瀕し
なおも我欲を抑え切れない文明人《びと》は
遺伝子を操作し　核を弄び
ついに　全世界を　核実験　原爆　原発で
猛毒の放射線漬けの危険にさらし

人類は　地上の全生命を道連れに
破滅の門の扉　押し開けたり
だが　ノンノよ　群人《むらびと》よ
絶望するなかれ
言霊《ことだま》を尊ぶ科学人《びと》　哲学人《びと》　芸術人《びと》
世の流れに抗して　立ちあがり
ヘシオドスやソクラテスの賢者の道に
勇を鼓して歩《あゆ》み入り
人類絶滅のおそれを訴えておる

そなたたちもいずれその人びとと連帯し
人類を絶滅から救う術《すべ》　探るべし
最後に　ノンノよ　群人《むらびと》よ

いずれ来る　春三月を　おそれよ

大地が裂け　海がはじけ
禁断の火が猛毒の煙を吐きだす

次の　春三月に　備えよ

亡びの門が
さらに大きく開《あ》けられる　その日を

人よ　おそれよ

3　新世界文明

賢い者は
大自然の摂理に従って　万民の幸《さち》を希《こいねが》い
愚かな者は
魔の大妖怪の僕《しもべ》となって　絶滅の道を歩む
そして　言霊《ことだま》こそは
人を宇宙の理《ことわり》にめざめさせる　唯一の力
三日三晩　精霊《しょうりょう》の社《やしろ》に籠って
水の大祖母《おおおばあちゃん》のお告げを身に体したノンノは

曙光が
葦の壁の隙間から純金の矢を差し込む朝
立ちあがって　外に出　言霊女《ことだまめ》に告げた
——広場で
群人《むらびと》の皆様と　お話し合い致しましょう
初初《ういうい》しい言霊女《ことだまめ》の黒髪が長《おさ》のもとへと靡《なび》き
隆隆たる筋骨の長《おさ》が群《むら》中を疾風の足で巡り
母なる月の光せせらぐ夜に入って
広場に集《つど》う老幼男女に　ノンノが　訴えた
——一万数千年来言霊《ことだま》の郷《さと》を守りぬく皆様に
心からの敬意と感謝を申しあげます

この隠れ里は　ささやかな群《むら》ですが
全世界がユーラシア系文明の末期《まつご》を迎え
人を含む全生命が絶滅の危機にある今
生き残りの道を示唆できるこの群《むら》こそは
希望の灯《ともしび》です

この灯《ともしび》を　どうすれば
隠れ里の外へ点《とも》し広げられるか
全員参加によるお話し合いを
お願いできませんでしょうか

長《おさ》の指名で　石笛《いわぶえ》の名手の若者ユンが
一万数千年前のユンそっくりの熱弁で司会し
昏睡の三千年間に祖霊と共に巡ったノンノの
一万数千年に亘る世界の歩みを全員で拝聴し
その後の三日三晩の話し合いがまとまった

——全地球の危機は
全力をつくして克服しなければならぬ

——その危機の主因が　大陸系文明の
我欲を抑制できない欠点にあるのは明白

——それを矯《た》める道は　一つ

——全世界の
言霊《ことだま》豊かな人々としっかり手をつなぎ
かつてこの列島に栄えた縄文文明の
掟十則に象徴される親自然的な生き方と
ユーラシア文明の高度に優れた文化性を
結びつけ　融合させ
新しい世界文明を創造すべし
——道は遠く　人の力は限りあり
——しかし　まず　一人からはじめ
群《むら》をなし　連帯の環　地球にかけるべし

――さあ　我ら有志　隠れ里を出て
二一世紀の巷《ちまた》に進出し
――祖霊様の予告された来春の試煉到来を
人々に知らせ　警告を発すると共に
――新しい世界文明への道　訴えるべし

方向は　定まった

亡びの門をくぐらざるものに
救いなし

選りすぐられた男たち七人の
出立の準備が　はじまった

4　大志進発

知恵ある者は
己の内部の言霊《ことだま》の導きに応じて　正義を求め
知能あれど知恵なき者は
内部に忍び入る魔の妖怪に誑《たぶらか》されて邪に走る
だが　知恵あれども経験に乏しい者が
前途に広がる未知の大海に船出するには
岩をも砕く決断　猛獣の牙をも恐れぬ勇気が
不可欠

今はちっぽけな隠れ里に芽吹いた
蟻の触覚よりもちっちゃい　新世界文明の芽
でも　天頂めざし聳えたつユーカリの巨木も
そのはじまりは　塵よりもかすかな黄金の芽

そして
原郷創造とは

全世界を
こじんまりした数なき母郷の花束で飾ること

大志が　七人の男たちを
死に物狂いの決断と勇気へと　駆りたてた

母や妻や姉が織ってくれた
宇宙動を美しく曲線化した縄文文様の衣を着
父や兄や友が漁《すな》どってくれた川真珠の貝殻を
垂れ飾りとして首にかけ
群人《むらびと》総出で用意してくれた
魚と鹿肉の干物を背に
華麗に正装した群《むら》の全員が広場に集い
旅路の安全と使命の達成を心こめて祈り
掟十則を高らかに朗唱し
最後に　隠れ里の無事を祈願して

石笛《いわぶえ》吹くユンを先頭に
大志の群れが　旅立った

5　暴衆迫害

岩燕が
翼もつ礫《つぶて》となって　断崖を穿《うが》った
一万数千歳にして猶《なお》うら若い乙女ノンノの
嫋《たお》やかな肉体を　絶壁がこばむや
石笛《いわぶえ》のユンが　荒熊をも拉《ひし》ぐ筋力を絞って
ノンノを抱きすくめ　岩棚を攀《よ》じのぼった
火の息がノンノを燻《いぶ》し　汗いきれが蒸《む》し
体臭が男の精気でノンノを熨《の》した

高鳴る鼓動に息はずませるノンノを
断崖の上におろすと　ユンが　ひれ伏した
——お許しください　尊い言霊人《ことだまびと》ノンノ様
絶壁を越えるための無礼　平にご容赦を！
乳房の疼きを抑え　頬を紅《くれない》に染めたノンノは
一万三千年経てまだ制し切れない欲情を恥じ
冷静を装って　言った
——あなたのお蔭で　深傷《ふかで》の癒《い》えた身に
活力の火が点《とも》りました
お礼の申し様もありません

何日もかけて踏破した原始の森の外は
異界だった

一行は　激しく噎《む》せ　咳込んだ

突如来訪した縄文文明人《びと》に対する
大陸系文明人《びと》の最初の出迎えは

工業廃棄物にまみれた蘞《え》辛《がら》っぽい大気だった

――やがてくる大異変から暮《くら》し人《びと》を救うには
われら　この程度の苦痛　耐えるべし

先導役の石笛《いわぶえ》ユンが　一同を励ました

――風の大祖父様《おおおじいちゃん》の清らかな息である大気が
化学物質で汚《よご》されたことを

ユーラシア系文明人《びと》に代わって
私たちが　大祖父様《おおおじいちゃん》にお侘《わ》び致しましょう

ノンノの発案で　すぐ焚かれた火めがけ
虚空を裂く悪霊の絶叫がはじけ
砂塵蹴立てて真っ赤な四輪箱《よんりんばこ》の化物が襲来し
火の大祖母《おおおばあちゃん》宿る焚火に白蛇の鼻で放水した
刺子の消防衣の覆面集団が
魔の大妖怪の手勢よろしく大声をあげ

とっさに進みでたノンノが
おのれの言霊《ことだま》機能を全開し縄文語に訳した

――ワレラハ　コノ町ノ　消防署ノ者
森ヲ山火事カラ守ルノガ　ワレラノ務メ

一同は　ほっと　緊張の鎖を　ほどいた

――森を大事にするのだけは
我らの縄文文明と同じだな

消防車の主任が一同を不審の目で観察した

――ココハ　ニホン国《コク》
ダガ　アナタタチハ　ドコカラ来タノカ

ノンノが　誇らしく　答えた

――ワタシタチハ　コノ列島デ　一万数千年前
豊カニ栄エタ縄文人《ビト》ト　ソノ末裔デス

主任が　毬《いが》からはぜた栗の実となって跳んだ

――大陸カラ渡来ノ弥生人《ビト》ニ滅ボサレタ筈ノ
アノ　縄文人？

ノンノが深くうなずくのを切っかけに
事態は　急変した

排気ガスを放屁して消防車が走り去るや
海沿いの町は俄《にわか》の大騒動の渦に巻き込まれた

大地をおおう鉛色の瘡蓋《かさぶた》の道…恐ろしい吠え声たてて走りまわる色とりどりの四輪箱《よんりんばこ》の化物…首吊り紐を張り渡した礫柱の列…四辻に点滅する赤青黄の妖怪の目…立ち並ぶ四角三角の巨大な魔物の匣《はこ》…

ぶぎゃあぼぎゃあ吠える化物に追いつめられ
辿り着いた広場で荷をおろし

太鼓　笛　口琴　琴　石笛《いわぶえ》　奏で歌い踊る
異形のノンノ一行を危険視して

棒　斧　鍬を握った町人《まちびと》がぐるりを取り巻き

――来年ノ春　巨大地震姿《スガタ》ノ地ノ大祖父様《オオオジイチャン》ト
巨大津波姿《スガタ》ノ水ノ大祖母様《オオオバアチャン》ガゴ来臨シマス

ドウカ　ミナサマ　安全ナ高台デ
ワタシタチノ祖霊様ヲ心カラオ迎エクダサイマセ
と　たどたどしい言葉で告げるノンノ一行に
血相変えて迫り　石を投げつけ
――人心を惑わす　悪魔奴！
とっとと　失せろ！
と　口々に罵り　棒で打ちすえると
血まみれの一行を　町外れの高台に追いつめ
あわや崖下の海に突き落す寸前
消防車とパトカーのサイレンが鳴り響き

暴徒をなだめ　救急車を呼び
ノンノ一行の傷を消毒し　包帯を巻いた
――入院治療のため　全員救急病院に搬送！

救急車の主任の指示に
八人の縄文人《びと》が　そろって　異を唱えた

揉《も》め事《ごと》の渦の中心に
縄文人《びと》そっくりの髭もじゃ男が闖入《ちんにゅう》し
柳眉を逆立てて美しく息巻くノンノに
やさしく微笑みかけた

6 学人《がくじん》言霊

知者は
おのれの無知を悟って　自戒し
痴者は
おのれの無知を隠して　驕り高ぶる
一目《ひとめ》見て男が言霊《ことだま》豊かと悟ったノンノは
艶然と微笑みかえし　言った
——ワタシタチハ　コノ高台ノ奥ニ建ツ竪穴住居ヲ
目敏《メザト》クモ発見シテシマッタノデス

ワタシタチハ　病院トヤラ言ウ未知ノ魔境ヨリ
住ミ慣レタ葦ト笹葉ノ竪穴住居デ
持参ノ薬草ヲ煎ジ
ココロト体ノ傷ヲ癒シタイノデス

髭もじゃ男が
腹をかかえて　豪快に笑った

――了解！

ワタシノ名ハ　モリ　コノ町ノ大学デ
縄文考古学ヲ研究シテイマス
アノ竪穴住居三棟ハ
ワタシガ研究ノタメニ作リマシタ

コノ辺一帯ハ　貴重ナ縄文遺跡デス
管理ハスベテ私ニ委《ユダ》ネラレテイマス
ドウゾ
竪穴住居ハ　自由ニオ使イクダサイ

殺到した放送局や新聞社の記者団を捌き
ノンノ一行を縄文遺跡の広場に導いた教授は
突然　地べたに土下座し
涙ながらに　町人《まちびと》の仕打ちを侘びた

――時空ノ壁ヲ越エテゴ来訪イタダイタ
大切ナ大切ナ賓客ノ皆様ニ対シ

コノ町ノ心ナイ人々ノ　野蕃ナ振舞
深ク深ク　オ侘ビ申シ上ゲマス

客人ヲ丁重ニ歓待シタ縄文人《びと》ニクラベ
弥生人《びと》以降ノ人々ハ人間不信ニ陥《オチイ》リ

弱肉強食ノ慣ワシニ溺レテ　ツイ
本日ノ許サレザル暴力

アア　恥ズカシイ　アア　悲シイ

肩震わせて号泣し　額《ぬか》ずいて許しを乞う
髭《ひげ》もじゃのモリ教授の一言《ひとこと》一言に
清冽な言霊《ことだま》が瀬々らぐのを感じた一同は
傷の痛みも忘れて彼の傍にひざまずき

礼儀正しく拝礼し　口ぐちに感謝の言葉を述べ
声を合わせて　うたった

――ありがたきかな
言霊《ことだま》

嘘偽りの　虚言ではなく
舌先三寸の　操《あやつ》り言葉でもなく

真心の泉からしたたる
真言《しんごん》のしずくは

珠玉の露

いのちに宿る魂を　うるわしく燿歌《かが》い結ぶ
美《うま》し光

考古学者モリの出現で　事態は一変した

――ワタシノ苗字〝モリ〟モ
〝丘〟を意味スル縄文語・アイヌ語

ワタシニモ縄文人ノ血ガ流レテイルラシク
ワタシノ先祖ハ北海道ノアイヌ民族デス

縄文遺跡発掘モ遺物研究モ　実ハ
ワタシノ遠イゴ先祖様トノ出会イナノデス

焚火を囲む祖霊祭りに加わったモリの述懐が

古来からの縄文人《びと》と二一世紀の縄文系人《びと》を
強い絆で結んだ

——世界中の言霊《ことだま》尊ぶ人びとと連帯し
　人類を絶滅から救う術《すべ》　探るべし

水の大祖母《おおおばあちゃん》の声が
ノンノ一行の耳に　鮮やかに蘇った

7　詩人言霊

波が　永劫の舌で　高台の踝《くるぶし》を舐《ねぶ》った
人の栄枯盛衰を一呑みにして　なおも渇く海
ぼろぼろの古四輪箱《ふるよんりんばこ》の爆音が
ぷろうぶろろうと髭《ひげ》もじゃのモリを吐きだした

――ノンノ様　皆様
町ノ広場ニ人ガ集《ツド》イマス
行ッテ　巨大地震　巨大津波ノコト
新人類文明創造ノコト話シテクダサイ

ノンノ一行は　ひるまなかった
痛む傷も　意に介さなかった
モリ教授の心配りで　彼の男子学生たちが
暴衆への楯となって取り巻く集いで
ノンノたちは　楽器を奏で　うたい踊り
巨大地震・津波の警告を人びとに訴えたが

町役場の幹部とおぼしい背広姿の男が
立ち上って　まくしたてた
——皆さん　得体の知れない彼らの言葉
信じてはなりません
祖霊とかお告げとか
非科学的な時代錯誤《アナクロニズム》の迷妄と違って
わたしたちの町は
高度に発達した科学技術文明によって
二重三重に守られております
町の建物は　耐震設計を施し
沖には世界一の津波防波堤がめぐらされ

港は　高い防潮堤に囲まれ
町内各所には鉄骨の防災避難施設があり
いかなる巨大地震巨大津波が来ても
備えは　完璧です

優《すぐ》れた科学者や気象庁　国の政府が
わたしたちの安全を保障し　守ってくれます

それを知らず　祖霊の警告とやらいう
荒唐無稽な迷信の虜《とりこ》となって

邪教紛《まが》いの戯言《たわごと》で　町民を脅し　煽る
この如何様《いかさま》女たちを信じてはなりません

白髯《はくぜん》長髪の男が進み出　役場の幹部を遮った
――わしは　そうは　思わん
科学技術文明は確かに快適で便利じゃが
反面恐ろしい環境破壊と戦争を生みだす
わしたち人類は科学技術を過信するの余り
謙虚さを失い　驕り昂り　大自然を侮り
行き過ぎた人工文明に溺れて
今や　自滅の階段を昇りはじめている
それが　原発じゃ

安価で効率的　という美名に隠れて
物によっては数万年も猛毒放射線を放つ
核燃料廃棄物の処理技術もないまま
この国だけで一万数千トン
世界全体で三三万数千トンもの
有毒の核廃棄物を生みだし
今もその量をふやしつづける人類に
未来は　ない
わしは　決心して　原発不要運動を起し
家では自然再生エネルギーで暮している

昔から大地震大津波大噴火大旋風の多い
この国に　原発は余りにも危険

この町に　来春　大変事が来る　という
この人たちの警告にはしっかり耳傾けよ

すでに　スリーマイル島
チェルノブイリを襲った原発事故が
この町の原発に起きないよう
今から万全の策を講ずるべきじゃ

突然　人びとの環の背後から
棍棒を握った男たちが襲いかかった

――この町に莫大なお金《かね》を落す原発様への
悪口雑言　絶対に許さんぞ！
――この町の人びとに職を授ける原発様への
侮辱　万死に値すると思い知れ！

すばやく間に入った学生たちが
巧みに暴力集団を抑え

白髪を朱《あけ》に染めた老人が
救急車で病院に運ばれ

ノンノたちの説得を妨害することに成功した
魔の大妖怪のせせら笑いが

血に染まった町角に　暗黒の影を刷《は》いた

モリ教授と学生たちに守られ
高台の縄文世界に戻ったノンノ一行の前に
白い包帯を頭に巻いた老人があらわれ
気遣うノンノたちを制し　元気な声をあげた

——ここは　わしの土地じゃ
昨日　東京で　自然再生電力の集《つど》いに出
テレビであなたたちのことを知り
急ぎ帰って広場に駈けつけたのじゃ
わしは　モリ教授を信頼し
この高台を縄文遺跡ごと委《ゆだ》ねておる

これからの人類須《すべから》く縄文人《びと》に見習うべし
これが　わしの信条じゃ

モリ教授が　口ぞえした

——コノ方ノ苗字は〝タイ〟
縄文語・アイヌ語地名デ森ヲ意味シマス

詩人トシテ知ラレテイマス

老人が　ノンノの手を握った

——アナタハ一万数千歳ノ乙女ノ言霊人《コトダマビト》
ト　伺イマシタ

詩人中ノ詩人ト存ジマス
ヨロシク　ゴ教導クダサイ
ノンノが　強く　握りかえした
——全世界ニ言霊《コトダマ》ノ郷《サト》ヲ復活サセルノガ
ワタシノ使命
ヨロシクオ力ゾエクダサイマセ
老人が　握ったノンノの手を離さず
力こめて　言った

――ワシハ　決心シタ
デキルダケ早ク　近クノ森ノワシノ家デ
心アル科学人《ビト》　哲学人《ビト》　芸術人《ビト》ノ集《ツド》イ
開キマショウ

マズハ来春ヘノ備エヲ　話シ合ウノデス

――アリガトウ　ゴザイマス
なおも二一世紀詩人の手を強く握ったまま
一万数千歳の言霊人《ことだまびと》がみずみずしく微笑んだ

8　ノンノ水没

大地は　永遠を貪り
海は　エメラルドをまどろみ
春が迫った

死に物狂いでニホン語に熟達したユン一行は
町の家々で巨大地震・津波への備えを説き
元元《もともと》　渚は　水の大祖母《おおおばあちゃん》の尊い聖地であり
人は高台に住むべきなのです　と　訴えたが

一笑に付され　追い返された
一方ノンノは　タイ老人の家での
賢人の集《つど》いに参加し　心が洗われた
誠実な地質学者は　語った

――千年前この町に巨大津波が訪れた痕跡は
地層に今も残る堆積物で明らかです
しかも　その巨大津波はほぼ千年間隔で
この町に到来しております
千年に一度の巨大津波は　今　すぐ
やって来ても　おかしくはないのです

良心のある地震学者は　言った

――巨大津波を引き起す巨大地震は　今
沖の海底で予兆を露《あらわ》にしつつあります
いくつもの震源が連動する巨大地震の
可能性は　さらに高まっております

海沿いに住む高齢者や身体障がい者のための
避難対策は　一刻の猶余もなりません

言霊《ことだま》を尊ぶ原子力科学者は　述べた

――原発直下の活断層の存在が心配されます
巨大地震の影響を早急に精査すべきです

巨大津波による電源喪失がおこれば
炉心溶融による原子炉の崩壊を招き
チェルノブイリ以上の事故が
想像を絶した広範囲を汚染し
暮《くら》し人《びと》のいのちを危険にさらす恐れが
大きいのです
今すぐに対策を講じなければ
未曾有の人災をもたらしましょう
これらの意見を取り纏《まと》めたタイ老人の手で
町役場　県庁　政府に直訴することが決定し

一回目の緊急の集いが幕を閉じ
翌日から実行された直訴は完全に黙殺された
新聞社　放送局に送られた書面も無視されて
闇に葬られ
学界　財界　政界　市民団体へのアピールも
雪解け水と共に流失し
万策尽き　尾羽打ち枯らして
高台の広場で首うなだれるノンノ一行に
突如　地の大祖父《おおおじいちゃん》の声が
底響きのする重々しい地鳴りとなって轟いた
——ノンノよ

言霊人《ことだまびと》のそなたを通じ
さらには言霊尊ぶ詩人や科学人《びと》を介して
祖霊が伝えた筈の　巨大地震の予告を
軽んじ無視する人びとへの
わしの悲しみの深さを
知れ！

あっと　声をあげて恐れ戦《おのの》くノンノたちに
水の大祖母《おおおおばあちゃん》が不気味な海鳴りを響かせた

——ノンノよ

言霊人《ことだまびと》のそなたを通じ
さらには言霊《ことだま》豊かな多くの賢人たちを介して
祖霊が告げたはずの巨大津波の訪問を
疎《うと》んじ蔑《ないがし》ろにする人びとへの
わしの無念の思いを
見よ！

すわ！　祖霊たちのご来駕!!
だが　この町の大多数の人びとにとっては
大変事の到来！
その人びとを救いましょう!!

ノンノの絶叫で　石笛《いわぶえ》ユン等群人《らむらびと》が
タイ老人と　居合せたモリ教授一行と一緒に
高台を一散に駈け降りたときには
ずごおぶあうと天地が鳴動し
激しく大地が揺れ　崩れる道に蹴っつまづき
転び　転がり　手足血だらけで　皆は走った

二一世紀初頭春三月午後
マグニチュード九・〇　巨大地震

——巨大津波は　もう直ぐ！
一刻も早く　人々を高台に

町に走り込み　高台への避難を訴える一行に
はじめはけげん顔だった町人《まちびと》も
パトカーや役場の呼びかけを聞き
手足の不自由な人々や体力のない老人が
ノンノたちの肩にすがり高台をめざした頃には
すでに数十メートルの高さの巨大津波が
一気に町を呑み込みはじめ
早くも海水は
逃げ遅れた老婆を背負うノンノの踝《くるぶし》を濡らし
高台への道に立つユンの手に老婆を渡したが
力尽きたノンノは　津波にくわえこまれ

――ノンノ様――！
と叫ぶユンの声を遠くに聞きながら
意識を失った

9　ノンノ蘇生

巨大地震　巨大津波が　去って
ノンノは　覚醒した
言霊人《ことだまびと》ノンノを尊崇《そんすう》するユンの
命がけの献身が　功を奏したのだ
津波に呑まれたノンノを追って水に飛び込み
気を失って水中を漂う言霊人《ことだまびと》を発見するや

渾身の力をふりしぼって抱きすくめ
大樹の枝をひっつかんで浮上し

津波がのこしていった横倒しの民家に入り込み
ノンノの口におのれの口を当てて水を吐かし

かつて溺れた女を助けた群人《むらびと》の術《すべ》の通りに
全裸のノンノをおのれの裸身で擦《こす》って温め

冷え切った女身の血をよみがえらせるべく
乳房をもみ乳首を吸って女性感覚を刺激し

快感に目覚めたノンノが思わず呻くや
すかさず有りあわせの衣で裸身をくるみ

ノンノがうっすらと目を開《あ》けるや
自らも手早く衣をまとって　ノンノを抱《かか》え
高台の竪穴の家へと運び
タイ老人やモリ教授一行に一部始終を述べ
すっかり目覚めたノンノの枕元に土下座して
不礼の数々を深く詫びたのだった
――水死と凍死を防ぐためとはいえ
出過ぎた振舞　平にお許しください
一方ノンノは
肉体にはじめて灯《とも》った女身のよろこびの火を

夢現《ゆめうつつ》のおのれを照らす火照《ほて》りとしたまま
安眠の底へと落ちた

第四楽章　永劫祈願

1　瓦礫曠野

肩　大地震を　わななき
目に　大津波　あふれ

空　張り裂け
名を呼べど　いのち　答えず

桜の返り花
み霊《たま》を　咲き

高台をおりたノンノを出迎えたのは
一望　瓦礫の原だった

土台を残し沈黙の破片《かけら》となって飛散した家々
曲りくねった線路　ぐしゃぐしゃの電車
鉄骨の骨組だけになったビルの上に
打ち上げられた高速鉄船
倒れた重油タンクの火災で燃え続ける町並
町中の至る所に横たわる　漁船や運送船の骸《むくろ》
港を浮遊する瓦礫の巨大な塊に乗っかった
自家用車　ボート　小型漁船の残骸《ざんがい》
瓦礫の下や自動車の中から運びだされる
死者　死者　死者

そして　故障した原発の
緊急炉心冷却システムへの冷却水供給停止
高まる炉心溶融という最悪事態への不安
放射線被害を防ぐ為の避難開始

——ああ

町人《まちびと》を救いに出て行方不明となった
六人の群人《むらびと》を探しだす術《すべ》は　あるのか

茫然と佇《たたず》むノンノの行《ゆ》く手を阻《はば》む瓦礫の山は
まさしく　ユーラシア系文明の骸《むくろ》だった

そして　その骸《むくろ》を掌《てのひら》に乗せて
縄文の大地は　あった

無数の死者の無念と
生き残った者たちの熱い涙に濡れて
縄文の大地は　あった

2　永劫祈願

巨大地震の試煉を賜《たま》いし　地の大祖父《おおおじいちゃん》よ
巨大津波の験《ためし》を授けられし　水の大祖母《おおおばあちゃん》よ
町並炎上の苦を試させ給いし　火の大祖母《おおおばあちゃん》よ
震え戦《おのの》く民に雪の冠を被《かぶ》せし　風の大祖父《おおおじいちゃん》よ
すべては

大自然を見縊《くび》り侮《あなど》る政人《まつりごとびと》などの人びとを
説得し得なかったわれらの力不足のせい
しかし　われらが生きのこったのも　ひとえに
大祖父《おおおじいちゃん》大祖母《おおおばあちゃん》の〝さらに努《つと》めよ〟とのご配慮
われら　肝に銘じ
無念にも行方不明の六人の群人《むらびと》の分も合わせ
全世界の言霊《ことだま》の郷《さと》再生に務《つと》めますので
大自然の摂理を我らにお伝えくださいます
大祖父《おおおじいちゃん》大祖母《おおおばあちゃん》の皆様
何卒よろしくお導きくださいますよう
伏してお願い申しあげます

3 ノンノ昇天

篝火《かがりび》が
焔《ほむら》の柱を　天に建てた
ついに　原発が　水素爆発を起して
大量の有害放射線を蒔き散らし
炉心溶融《メルトダウン》が確認され
全員強制退去となった夜
高台の広場での最後の祖霊祭りで
ノンノは　祈り
髯《ひげ》もじゃのモリ教授の手を　熱く握った

――新人類文明創造のための賢人の集い
よろしく　お願い申しあげます
破顔一笑　豪傑笑いの教授が
ノンノの手を　熱く握り返した
――わたしも　縄文人《びと》の末裔のアイヌ民族
先祖の方々のご期待に応《こた》えるよう
世界中のこころある研究者と協力し
大自然の理《ことわり》を重んずる環　広げます
それから　ノンノは
包帯頭の痛々しいタイ老人の手を　握った

——暮し人の幸福度第一の郷《さと》づくり
よろしく　お願い申しあげます

満面に笑みを咲かせて　詩人が
ノンノの手を　強く　握り返した

——わしも　縄文精神の現代化をめざす男
強制避難命令も　糞食らえ！
縄文人《びと》の残したこの高台にへばりつき
放射線と運命を共にする覚悟
それが　現代の詩人の証《あかし》じゃ

最後に学生たち一人ひとりと握手したノンノは
石笛《いわぶえ》ユンの手を引いて　篝火の前に立ち

オホオホオホ――と
高らかに鬨《とき》の声をあげ
宣言した

――わたしは　決心いたしました
全世界の七〇億の人びとに
言霊《ことだま》の再生を説いてまわるには
わたしは　肉のノンノから抜け出して
霊のノンノとなり

昼は
父なる太陽の光と共に人のこころに天降《あまくだ》り

夜は
母なる月の光と共に人の魂に囁きかけ
一刻も早く
真《まこと》の言葉による新しい世をつむぎあげ
大自然から預かった地球という奇跡の星を
その名にふさわしい　万民の幸《さきわ》う原郷へと
はぐくんでまいりたいと存じます
しかし　永久《とわ》に不死の乙女としての
わたしならではの天界からの務《つと》めも

地上を有限の身として生きる方方《かたがた》との
共働なくしては　叶いません

そこで　わたしは
肉のノンノを　地上に残し

一万数千年来の世代の変遷をつらぬき
ひたすらわたし一筋を生きた若者ユンと

夫婦《めおと》の契りを結ばせ

地上にあってわたしと同じ志に生きる子らを
生み育ててもらいたいのです

火の大祖母《おおおおばあちゃん》の賛意の焔《ほむら》が
篝火に　灼熱の美を献じた

地の大祖父《おおおじいちゃん》の寿唄《ほぎうた》が
パチパチ爆ぜる火花を　火床《ひどこ》にちりばめた

肉のノンノが　衣をさらさら脱いで
素裸《すはだか》の曲線を琴の形に火照らせ
茫然と立ちすくむユンに
妖しくにじり寄って　衣を脱がせ
素裸《すはだか》の二人は　首うなだれ　静々と
篝火の前に　立ち
水の大祖母《おおおばあちゃん》の賛美のしずくが
二人の全身にきらめく汗の珠玉をちりばめた

霊のノンノが　透けゆく身で近づき
素裸《すはだか》の二人の手をとって　結ばせた瞬間
ずどどどっと　轟音たてて
篝火が　爆発し

巨大な火柱が天の頂へと聳え立ち
風の大祖父《おおおおじいちゃん》の
祝福の大火焔旋風に吸い込まれ
人類の言霊《ことだま》そのものとなった
永久《とわ》に不死の美しい乙女ノンノは
虹色にきらめく光芒となって
昇天した

あとがき

古代ギリシアの哲人アリストテレスは、名著『詩学』の中で、詩のジャンルを大別し、「(悲劇としての)詩劇」「叙事詩」「抒情詩(現代的にいえば、抒情詩や心象詩、哲理詩を含む短章性に富んだ〝形象詩〟と称すべきもの)」としました。

詩の最高のジャンルとしての「詩劇」は、ソフォクレスの「オイディプス王」や一七世紀のシェークスピアの「ハムレット」などであり、日本では能の名作がそれに当ります。

「詩劇」に次ぐ詩のジャンルとしての「叙事詩」は、古代ギリシアのホメロスの「イリアス」「オデュッセイア」やヘシオドスの「仕事と日」、さらにはフランスの「ローランの歌」、ドイツの「ニーベルンゲンの歌」、イタリアのダンテの「神曲」、イギリスのミルトンの「失楽園」、北欧の「エッダ」や「カレワラ」、インドの「マハー・バーラタ」、アイヌ民族の「ユーカラ」などがありますが、ヤマト系の日本にはありません。

菅野昭正氏は「日本文学においては、叙事性が詩と結びつく伝統が明確には形成されなかったのである」（『世界大百科事典』）と指摘し、『日本文藝史』で小西甚一氏は「ヤマト系の文藝には英雄詩が無い。その理由としては、ヤマト系の民族が長篇の詩への志向をもたなかったことも重要であるけれど、作調のうえで陽性的な積極さの好まれなかったことが更に重視されてよかろう」と述べています。

小西氏が「日本文藝の特質」としてあげる⑴「外形の面での短章性」、⑵「さまざまな面において対立性が鋭く現れない」、⑶「作調《トーン》における主情性および内向性」のいずれもが、「英雄詩の非在こそ、ヤマト系文藝の重要な特質なのである」と断ずる小西氏の、〝英雄詩を含めた叙事詩不在論〟の前提となっています。

わたしは、かねてより、青森県五所川原市の原子縄文遺跡にまつわる遠祖の流れを汲むと思われる己の深層に根をおろした現代詩の創造に没頭し、形象詩（抒情詩、心象詩、哲理詩を含む短章系の作品）と詩劇の創作・上演に熱中してきました。

はやくから、己の苗字の〝原子《はらこ》〟が、実は縄文語・アイヌ語の〝パラ（広い）〟〝コッ（谷）〟という地名に由来すると知ったわたしは、多くのすぐれた考古学者や文化人類学者の方々の研究成果や哲学者梅原猛氏のご見解に学びつつ、己なりの〝縄文の民の歩み〟を叙事詩として表現したいと思いはじめて、二十年。

知れば知るほど、わたしの遠祖とおぼしき縄文の民の、一万年以上にわたる平和と愛にみちあふれた歩みに魅せられ、詩誌「極光」で叙事詩「原郷創造」の連載をはじめて四年。

その間、北海道の誇る日本的書家中野北溟氏の書展「中野北溟の世界」（北海道立近代美術館、二〇〇九年九月〜十月）で「原郷創造」の一部を書作品として揮毫いただき、3・11みちのく大震災に多大な示唆を得ながら、足掛け二十年の宿願が、やっと、叶えられることになりました。

一般に、叙事詩は「多くは民族その他の社会集団の歴史的事件、特に英雄の事跡を叙述する韻文の作品」（『広辞苑』）とされますが、叙事詩「原郷創造」は、「大自然と共に生きる」を基範とし、小規模の生活共同体を原郷としたという縄文の民の生き方に即して、武力と権力を誇示する英雄ではなく、海薔薇（通称〝浜梨《ハマナシ》〟）の花の蕾から人のかたちで生まれた少女ノンノが主人公です。

ノンノは、月を母とし太陽を父として、月のしずくと太陽の光で永遠のいのちを保ち、大自然の理《ことわり》に背いて言霊《ことだま》を軽んずる世に、言霊《ことだま》の復権を果たすべく、地・水・火・風の大祖霊の啓示を人びとに取りつぐ〝言霊人《ことだまびと》〟として成長し、心ある人びとの隠れ里で、民が主《あるじ》の言霊《ことだま》の郷《さと》を人びとと共に創造します。

戦のない、分かち合いの母郷は、列島全体にひろがりますが、我欲と暴力是認のユーラシア系文明の弥生人が、高い技術力と軍事力をもって渡来し、縄文の世を滅ぼし、階層社会をもとにした鉄器文明と農耕文明の普及は戦乱の連続を招き、ついに核エネルギー依存の世となって、3・11の悲劇を迎え、ノンノは、心ある人びとと、大自然の理《ことわり》にもとづく世界の新しい文明を求めて昇天します。

そのような、超自然的な存在を含めた神話的な発想で、この列島の民の一万数千年来の歩みを叙事詩化したのが、この作品です。詩誌「極光」連載中に多くのお言葉をいただいた全国の詩友の皆様と、刊行に到るまでお力ぞえいただいた中野北溟氏はじめ多くの皆様に、心から御礼を申し上げ、この叙事詩が多くの苦難に直面する七十億人類の行方にいささかなりとも貢献できますよう祈念して、あとがきと致します。

二〇一四年七月

原子　修

著者略歴
原子　修（はらこ・おさむ）
一九三二年函館市生まれ。詩集『鳥影』（北海道詩人賞）、詩集『未来からの銃声』（日本詩人クラブ賞）、詩集『受苦の木』（現代ポイエーシス賞）、童話集『月と太陽と子どもたち』（北の児童文学賞特別賞）の他、アイヌ詩劇や縄文詩劇五十三作品百十八公演を道内・道外・海外で実施。日本文藝家協会員、日本現代詩人会員、日本詩人クラブ会員。北海道文学館参与、北海道龍馬会会長、ＪＡＭ（縄文芸術家集団）代表。札幌大学名誉教授。小樽市在住。

叙事詩 原郷創造

二〇一四年九月三十日　初版発行

著　者　原子　修
装　幀　須田照生
発行所　株式会社　共同文化社
〒〇六〇-〇〇三三　札幌市中央区北三条東五丁目五番地
電話〇一一-二五一-八〇七八
http://kyodo-bunkasha.net/
印　刷　株式会社　アイワード
製　本　株式会社　石田製本

ISBN 978-4-87739-255-0 C0092